# 念初

所有意外，都在剎那間發生，一秒鐘已經足夠。

一輛小小白色日本房車正不徐不疾駛入隧道，車上有一個男司機，兩個後坐女乘客。

已經深夜，三人都有點倦，提不起勁聊天，車廂內很靜。

隧道中燈光明亮，明顯可見白色車身上漆着「流光製作」字樣，這是一輛公司車。

車子順序前進。

忽然之間，隧道燈光開始閃爍，接着，一亮一熄，似打拍子，不停眨霎。

司機驚叫：「為什麼沒有維修！」

就在電光石火剎那，司機看到前邊一輛貨車向他撞來，明明是單線行車，這迎面車從何而來！他還來不及反應，那大車已經撞到他車頭，擋風玻璃碎裂，氣袋彈出，後邊的車輛來不及剎掣，一輛接一輛撞上。

流光製作小白車變成風琴那樣一褶褶。

後邊車子司機大驚，連忙剎車報警。

「救人，救人！」

就在那一刻，有人看到一絲藍光，鬼魅似往上竄，「着火了，小心，小心」。

「啪」一聲，火花爆開，融融包住房車。

好心人撲上，想拉開車門，但被炙熱火力逼開，有人取來起子，硬是冒險要把車門撬開。

圍觀者喊：「後坐有人，快把他們扯出車。」

眾人除下衣衫，扯開車門，車裏跌出兩個滿身焦污的人體，身軀連在一起，滾到地上。

這時，救護車與警車嗚嗚趕到。

「讓開，讓開。」

後邊車子也有受傷司機，但已忘記本身傷痛，「怎麼會這樣，剎那之間，變成一團火球，啊，真正只有幾秒鐘時間，對頭車不知從何而來……」

救護人員忙着搶救，一直做到天亮。

車禍是該市最嚴重交通事故之一，三死一重傷，輕傷十餘人。醫院打出黑色警示，那是指該宗意外死傷人數眾多，超載，需要外調人手資源。

記者緊張報告：「對頭車與流光車司機當場死亡，車中載兩名女子，其中一名是少女演員王初一，另外一名可能是助手，她緊緊抱住王初一保護她，自身不幸殞命……」

正在吃早餐的市民一起倒抽一口冷氣，放下碗筷。

所有意外，都在剎那間發生。

無可挽回。

三年之前。

王初一與初二只得十六歲。

兩人長得一模一樣，連精湛海關機械識別人臉裝置都分不清，但她倆並非孿生，初一比初二大九個月，兩女都早產，一個在二月初一出生，另一個十月初二生日，同年生兩女，王家頗有壓力，但也終於撐下來。

兩個女孩長得異常秀氣漂亮，親友讚嘆：「怎麼人家女兒粉妝玉琢，我們家女兒像貨車司機」，王氏夫婦唯唯諾諾，「太客氣了」，王父在政府機關當了三十年文員，一直沒升職，幸虧有些福利，住宿舍，免貴租，但養大兩個女兒，頗見吃力。

兩個女兒一早替兩個小孩子補習賺取零用。

老師把她們安排在不同課室學習，以免混淆視聽。

她們成績不錯。

很快談到升學問題。

王父說：「也不是每個年輕人得升大學。」

王母想說：沒有文憑不好升職。

王父微笑，「前任一位首長也沒有大學文憑。」

這對夫妻好脾性，全無戰鬥心，故此初一與初二生活一直乏善足陳。

只一次。

初一看到某女同學穿一雙別致皮手套，稱讚：「漂亮，請問何處購買？」

那女同學看着她答：「瑞……」

「瑞華公司嗎。」

「不，父母往瑞士旅遊帶回。」

初一即時退開不語。

初二在一旁聽見，悄悄與小姐姐說：「不要理她，這同學如此小年紀就懂得藐人，將來出到社會，有得苦吃；一雙手套，何處買不到，定要誇張由歐洲帶回？淨掛住奚落人，顯出與眾不同，多麼討厭。」

初一點頭。

不錯，她們一早長了聰明，同小大人一樣。

王媽仍然每元每角節省家用。

她也不是不知道，即使王父的收入全部存起，乘十，也不夠兩個女兒留學讀書，幸虧，本市也有好學校。

還可以考獎學金呢。

只得見一步走一步。

那年秋季，校服外套袖子已不夠長，初一索性捲起一點，扮作時尚。

她在校門等初二。

妹妹還沒出來，有男子走近，朝她搭訕：「這位小妹妹，我是——」

初二的聲音：「走開！」

「喂！我還沒説完話，咦，你倆怎麼長得一模一樣——」

門衛走近，沉着聲：「這位先生，何故在女校門口流連，再不走開，我會報警。」

那個年輕男子連忙說：「對不起，那我留下名片——」
他把名片交給警衛，苦笑着離開。
初二看到他上車駛遠。
小小白色車子，門側印着「流光製作」字樣。
這人莫非是星探。
不過，假的多，小心為上。
警衛善意說：「小心為上啊，世上多豺狼。」
兩姐妹點點頭，接過名片，回家。
晚上，做完功課，沖身，一起休息，雙層床上姐妹閒談，初一說：「我查過，確有那樣一家公司，拍新鮮網劇，頗受歡迎。」
「我們要讀書。」
「是，王家裏總要有人識字。」
「咄，我們家沒文盲。」

「看得懂報紙有何用，總得有專業文憑，初二，我供你升學。」

初二忽然笑，「姐，演員也不見得個個賺大錢，沒幾個紅得起來。」

「所以你更加要升學。」

「你口吻似文藝小說中不甘心的姐姐。」

「瑞士買回的手套her ass。」

「喂喂喂。」

沉默半晌，彼此都以為對方已經睡熟，不料初二說：「如果有人叫你到酒店房間讀劇本，立刻報警。」

「總有人要坑我。」

「那麼，讓你我一輩子做文員好了。」

流光製作公司人員接到王小姐電話，高興之極。

「找到啦，找到啦。」

「是那讓你一直念念不忘的少女嗎？」

「唉，就是她，約好下午四點面談。」

「未成年，記得說話小心，最好請家長陪同。」

「讓瑞姐與她說話，瑞總管——」

那總管忽忽回應：「沒問題。」

初一到達流光製作門口，略有猶疑。

她希望賺多些外快，終於，推門進內。

那位瑞姐正在接待處等她，事後對同事說：「那女孩臉上有瑩光，標致到極點。」

她們談了一會，王初一帶着簡單合約條款回家。

她向母親解釋來龍去脈。

王母讀過條款發獃：每小時三千元起計，以三小時為一節，這，不是同王父整個月薪水差不多？

「不會是騙局嗎？」

「不會，他們沒有叫我先付報名費、按金、或是茶錢。」

「拍攝什麼？」

「廣告短片，目標是年輕人。」

「是汽水廣告嗎，衣着可需暴露。」

「一切詳情，還需要家長親臨面談。」

王母略為放心。

晚上，與王父談整夜。

王宅狹小，父母於房內言語兩姐妹聽得一清二楚；她們也沒睡着。

結論是「暑假，賺些零用也好」，夫妻倆同時出現流光製作談合約。

王母加兩個條款，一：不暴露，一件頭泳衣為限；二：意識清淨。

瑞姐當時把一個廣告劇本圖文給他們參考。

圖中一名少女健康地拂動頭髮：「紅森牌洗髮水，價廉物美。」

夫妻倆簽下合約。

試鏡片段播放，流光諸同人說：「好看得叫人寒毛豎起，巴不得輕吻可愛面頰。」

「才十六歲，諸位當心。」

導演陳珏輕冷地說：「可愛是可愛，稍微做作一點。」

瑞姐說：「她眼珠子少轉兩個圈會更自然。」

「就你倆雞蛋裏挑骨頭。」

紅森人員讚不絕口：「這女孩，遲早會紅。」

短短三十秒鐘廣告片出來，帶起紅森所有產品。

初一收到酬勞，分母親一半，其餘存起，「給初二讀書。」

王母忽問：「他們可叫初二試鏡？」

初一堅決答：「初二要讀書。」

暑假過後，校方見家長。

主任特赦王初一：「必須跟得上功課，在校不得招搖。」

大家鬆口氣。

初一簽約，成為紅森妝容年輕產品代言人。

她教觀眾清理鼻上黑頭：「不要大力擠喔，輕輕敷上去黑面膜，這樣」，靦腆微笑，吐舌……看廣告的有許多少男觀眾，稱她為「紅森甜心」。

開始有迷眾在校門持花等待。

初二代姐姐出場，鞠個躬：「多謝各位厚愛，但我還在讀書，不想妨礙學業，希望各位包涵，不要使其他同學覺得不便，多謝」，再鞠躬。

感動眾迷，漸漸退去，並在網上揚言：「真正愛護紅森甜心，要讓她工餘專心讀書。」

流光製作意外找到小偶像。

導演陳珏說：「不是意外，我組踏破鐵鞋，而且一旦有收視，不知多少人來搶。」

「瑞姐，著名製衣公司送來的合約讀過沒有？」

「家家要獨家，還在研究。」

「出鏡次數太多，有利也有弊。」

「可是，這剎那間光華若不能持續，還是趁現在多做一些。」

「把她的可愛榨盡又怎麼辦。」

「王初一可以拍劇集嗎。」

「還有電影呢。」

「陳珏大導，別坐着不說話。」

「陳導覺得初一太表面化。」

「十六歲，豈能表演歷盡滄桑，太過份。」

「寫個十六歲劇本配合。」

初一對妹妹說：「你要考港大，讀英語及英國文學，然後，唸法律，最後，到劍橋。」

「到時都三十歲。」

「正是，我退休，你供養我。」

「我們姐妹誰也不欠誰，可以嗎。」

「不行，你一定要欠我。」

「這是什麼毛病。」

家裏條件漸漸寬鬆，添若干電器用具，王母也置些新衣裳，添了笑容。

初一拍攝短劇，劇情有少女失戀情節，當然，少女除出失戀，還能做什麼，初一不會演，裝哭，幼稚不堪，但是，美少女做什麼都可愛，觀眾感動不已，當真一樣：「別傷心，我們愛你。」

事情已到這種地步，還有什麼好說。

一直照管初一的瑞姐說：「幸虧初一並不驕矜。」

大家承認：「這是她走紅最佳天賦之一，猶勝漂亮面孔。」

「也許太小，還不懂得驕傲。」

「找人教她唱歌。」

「噯，應該一早想到。」

陳珏冷冷說：「切莫揠苗助長。」

「那與初一長得一模一樣的女孩，必是她姐妹。」

「並不一模一樣，她冷，初一和煦，容易親暱，另外那個女孩一直低頭不太言語，只管幫姐姐聽電話拎背囊遞茶水。」

瑞姐笑，「那些事，本來都由我做，這樣，把她當我助手，我發若干薪水給她。」

一次，陳珏看到背影，以為是初一，「王小姐，我這邊有些經典電影，你有空觀看參考一下。」

少女轉過頭，才發覺是妹妹。

一般白襯衫牛仔褲，粉白臉龐。

「對不起。」

「沒關係。」初二收下影片，「謝謝陳導。」

「又到考試期間了吧，教育署叫我們幫忙，讓王小姐拍一短片，鼓勵學生們勤學。」

「是，是。」

初一笑着走近，「但，陳導，我並非好學生呢。」

再轉頭，初二已經走開。

這陳珏，是流光製作的高層之一，南加州大學電影系畢業回流，在廣告公司工作兩年，之後加入流光，直至發現王初一之前，苦苦經營，現在，已有盈餘。

其餘朋友連忙趁三十歲之前置名牌歐洲跑車，每日轟轟進出，無限風光。

陳珏駕一輛小小電動車，他有點怪癖。

怪癖這件事，非常勢利，如無條件，只是神經有問題，像陳珏，一表人才，又有學識，才叫作瀟灑怪癖。

他不喜多話，只靜靜看着王初一。

「怎麼了，可是又要問我看了你給的那些電影沒有。」

初一長大，身段明顯發育，寬大白襯衫下也看得一清二楚，她表情相當多：瞇瞇眼，舔舔嘴唇，甩頭髮……初見的人會驚艷，她身子不知恁地，從不站直直，微微晃動，沒有音樂，也有節奏，不易發覺。但如果她拿着一杯水，那水會搖曳。

瑞姐時常扶直初一肩膀，不讓她再動，可是過一會，節奏又回來，搖動耳環。

碰巧有音樂，初一更會忍不住款擺起舞，三兩下姿勢，已經好看煞人。同事忍不住鼓掌，「初一，再來一個。」

初一拍攝音樂短片，就有獨舞場面，結果沒有人知道是什麼歌哪個歌星，只管看王初一。

瑞姐又善意警告男生，「勿作非份之想。」

「瑞姐勢利。」

「世界勢利才真。」

門口有司機接載王初一。

黑色賓利房車，略見笨重，十分可靠。

瑞姐閒閒問初一：「車主什麼人？」

初二連忙回答：「是一間服裝公司。」

她不答，也容易憑車牌找到主人。

瑞姐說：「陳珏，你是流光主事之一，至少叫那人含蓄把車子駛到校門。」

「王家父母知道否。」

在家，兩姐妹也正談論父母。

初一說：「他們是渾人。」

「怎可以這樣說。」

「終其一生，刻苦耐勞，營營役役，沒有憧憬，也無野心。」

初二不以為然，「安份守己是福份。」

「父親快要退休，他可有打算？母親閒時只為教會介紹給人家照顧幼兒老人，又有什麼收入，他們一日過一日，從不考慮將來，你的學費呢，你的妝奩呢。」

「我全不要，我畢業後也可以找工作。」

「初二，我一定要栽培你。」

初二發覺姐姐的笑容越發甜蜜，內心卻倍添苦澀。

「為什麼硬要逼我成材。」

「我知道你可以。」

「毫無根據。」

「因為我對自己有信心，你是我妹妹，你一定要走光明大道。」

「初一，你覺得置身文娛界是躉黑暗角落嗎，那麼，快快抽身，應當來得及。」

「初二，聽我的話，父母不能照應，我願擔此職。」

「你莫名其妙迷信大學教育。」

「我跟隨今日社會風氣。」

「大學堂裏也有猥瑣佔女生便宜的導師。」

「初二，你再駁嘴我賞你耳光，我愛惜你可知道。」

初一忽然眼睛鼻子發紅。

「姐，你莫是吃了什麼暗虧。」

「你，是你讓我受氣。」

「但，怎麼可以說父母是渾人呢。」

不久證明，王初一有靈感。

老父生日，只請一桌親友，結果到了三桌，王初一踏進飯店，手電燈光在她不知情之下閃亮，十分尷尬，那班人又隨即把照片傳到網上。

姐妹不知如何阻止，這時，有男長輩伸近手想摸初一面頰，「好可愛呵，比上鏡還漂亮」，初二眼明手快，狠狠打開那隻怪手。

那人還叫怨：「大明星嗎，還差一大截呢——」

初二拉着姐姐手，急步走出飯店。

初一不動聲色，打一通電話。

王媽追上，「你父親生日——」

初一心平氣和，「我明晚補請父親，今日，我請客。」她取出信用卡交母親。

這時，那輛賓利房車已經停到姐妹面前。

「媽，你回去主持大局，快。」

一個保母樣子中年女子下車，「王太太，我陪你。」

真是救兵。

司機輕聲問：「王小姐，可是回家。」

初一答：「是。」

車子緩緩駛離。

初二還在生氣，忿忿不平。

憑什麼看到漂亮少女便可倚老賣老動手動腳！

半晌，才發覺車子往半山駛去，一路上青葱樹蔭，環境清靜，「這是什麼地方？」

車子已經停住。

「王小姐，隨時叫我。」

她倆下車。

「這是何處？」

「初二，我打算搬出住。」

走上公寓，大門打開，竟是剛才那保母，啊，神乎奇技，幾乎同時可以在兩個地方出現。

初二小心翼翼踏進寓所。

真是兩個世界，自露台看出去是著名淺水灣。呵，久違了，自小學六年級之後還未接觸過那世上最美的細白沙灘，離遠還可以看到婆娑影樹鮮紅如着火燃燒似艷麗花頂。

初二看得發獃。

她輕輕抬頭，看着姐，初一這時又微微晃動身軀，杯子裏的長島冰茶也隨着搖曳。

初二低聲問：「他給你錢？」

初一頷首。

「這——」

「詳情你不必理太多了。」

「初一，你才十八歲。」

初一這時站定定，聲音低得不能再低，「就是因為只有十八歲。」

「有什麼條件。」

「四個字，不可張揚。」

初二忽然腳軟，緩緩坐倒地上。

「家具雜物還未送到，我們先回家吧。」

初二想再坐一會。

在這寓所溫習，當必可以專心。

之後一段日子，她把功課搬到山上做。

一邊吃點心，一邊與初一結伴溫習。

初二已經跳班，是年五月可以中學畢業，初一則順序升級。

這兩姐妹彷彿遇風即長，出娘胎不久便自行處理生活。

初一畫張圖表，「看到沒有，這是我，那是你，出生至今，已經虛度十八載歲月——」

初二已經笑出聲。

「別笑別笑，歲月如流，看幾次電影喝半會子茶就過去，坐在晨光下，看着日影遊移，一下子自面孔落到膝頭。」

「你可要揮一揮衣袖，不帶走一片雲彩。」

「初二，做我這一行，算一算，只得未來五年好光景，吃粥吃飯，就看這五年可努力。」

「你講得太可怕。」

初一取過某冊週刊，打開，裏邊密麻盡是七彩伶星照片，「我做過資料，類此週刊，全盛時期，每週出版十餘冊，各出奇謀，爭取生意，今日，經過競爭淘汰，只餘一本，一枝獨秀。」

初二看着姐姐。

初一改變許多，她行事説話如此老氣橫秋，動輒感慨萬千，像個滄桑婦人。

「照片中諸女星頭碰頭拍集體照立刻露出原形，你看，同樣濃妝艷抹，奇裝異服，但是這個這個這個，一看便知道年過三十，已經掙扎得相當厲害，可是，她與她，雖然姿色平庸，因只得廿餘歲，臉皮繃緊，脂粉貼緊膚子，眼神閃亮，不見倦態。」

嘩，分析得井井有條，簡直像一篇精算學術報告。

初一又揭過一頁，「這是我。」她展開笑容。

那張彩照足足半頁大小，與前些面孔只得火柴頭那樣微型不可同日而言。

照片拍得漂亮，這是王初一無論從何種角度拍攝都可愛動人的全盛時期，沒話說，並無敵人。

初一從不佩戴粗重假睫毛，兩條蛾眉天然毋須描畫，就是好看。

「只能維持五年耳。」

「哪有如此迅速。」

初一抿抿嘴，取出一本小冊子，打開，裏邊有著名女星廿年前第一部影片到最近剪影，「國際影后獎得主，名揚天下，最紅之際有法國記者揚言：『看看她呼吸已經足夠』，但是沒有誰敵得過時間。」

初二翻閱存照，她漸漸無言，也許，王初一的憂慮有所根據。

「我自問再努力向上，再加明燈照耀，良師引導，過一百年，也做不到她那個地步。」

「啊，初一不必妄自菲薄。」

「人要有自知之明啊。」

最近一張照片，名女星仍戴着俏皮球帽，擺出招牌笑容。

初二問：「你看到什麼？」

五官與少女的她已幾乎是另外一個人。

「胸口猶如被摑一拳，時間太過殘忍。」

「不，不，」初二害怕，「還有十年。」

初一做一個她的標準憂鬱少女沉思狀，然後說：「觀眾會看足十年？

我也想，可惜她們會說：『初一姐，家母最喜歡看你的戲』。」

初二呆住。

沒想到初一想得那麼透徹那麼深遠。

「我沒資格做綠葉，聲樂師傅說我沒有一個音唱得準，要索性給我錄首趣怪走音調，瑞姐叫我明年起不許搖肩膀，會變賣弄風情。」

壓力真不可謂不大。

「我也沒有資格做艷星，記者說我王初一是唯一不致衣不蔽體的少女明星，改變路線會失去民心，況且，女體有多少部位可供暴露呢。」

「初一，你是打算五年後急流勇退。」

「遲早被凶浪沖走，不如自動退出。」

初二不出聲。

「你不同，初二，你讀書，美國有位八十一歲大法官，精神奕奕，一頭白髮不知多莊嚴。」

初二心酸。

「那當然也得一級一級打上，但成績可握手中，永遠屬於你，初二，你非聽我説不可。」

初二聲音小小：「已報各大學英語系。」

「Attagirl。」

該次談話之後，初二對姐姐另眼相看。

初一要拍電影了。

簽下保密書，不准透露任何大節細節。

初一説：「我根本不知誰是製片誰是導演，只知電影是恐怖片。」

嗄，初二吃驚，她以為姐姐最擅青春成長電影。

瑞姐淡淡説：「各種元素電影都分優劣，這當然不是一套刀光劍影滿地斷肢鮮血處處狼人鬼臉的恐怖片。」

初一笑笑加一句：「那是現實世界。」

瑞姐一怔，這王初一，她內心起碼已有二十八。

她問正在為初一熨衣服的初二：「你發覺姐姐已變成大人了嗎？」

初二點頭。

「你可見過她男朋友。」

初二搖頭，「真的沒有。」

「我相信你，來，冰箱有盒巧製手搖冰淇淋，請你嚐嚐。」

初二到底還是孩子，立刻跟住瑞姐。

瑞姐把一架子衣裳推近，「這些戲服都不再用，有些還沒穿過，你隨便挑選。」

初二選兩件外套給母親。

「像你這樣女兒，十個我也不嫌多。」

初二笑，「哪有瑞姐說得那麼好。」

「本市艱辛複雜的功課也難不倒你。」

「其實只要上課用心聽，做齊功課即可。」

「有空說給我那幾個侄子聽聽。」

初二知道瑞姐絕不止與她閒話家常。

「我已講得唇焦舌敝，初二，你叫你姐小心。」

「她說她有分寸。」

「她還是個孩子，流光製作公司打算長線捧她，她的眼光應放遠些，心不要野。」

「新電影何時開拍。」

「導演有躊躇。」

「有何不妥。」

瑞姐不答。

「導演是誰，有什麼意見？」

瑞姐說：「多看住你姐姐。」

傍晚，瑞姐與陳珏在會議室商議。

「還沒決定？」

將開拍的恐怖電影導演，正是陳珏。

陳珏看着一桌面的劇照，「我想推初一。」

「初一有何不妥？」

「浮面、輕佻、愛嬌、造作。」

「你教她不就有進步。」

「已經太遲，並且，勉強沒有幸福，她不是這套戲的主角，王初一只是口香糖或汽水最佳宣傳員。」

瑞姐亦有同感。

「她並非不是可造之材，但人家此刻已搬上聶歌信山道，那還怎麼教。」

瑞姐深呼一下，「聶歌信山。」

「正是。」

「她父母可知此事。」

「這都會，許多人已經學會隻眼開隻眼閉。」

老練的瑞姐長嘆一聲。

「你覺得可惜？這個物質社會，換不到任何所需品才叫人難過。」

「導演！」

「你還記得上兩年的趙櫻，何嘗不是廣告界小公主，與男友合股創辦小生意，結果人財兩失，現在拖着孩子在新市鎮酒吧唱歌。」

瑞姐不出聲。

「老闆誓不肯換女主，那麼，換導演好了。」

「你已許久沒有導戲——」

「我不怕，我沒有青春可以虛耗。」

「請再考慮一下。」

這時，小小會議室的燈光忽然熄滅。

瑞姐抬頭，「怎麼一回事。」

接着，一明一滅，閃爍不停。

「叫人修理。」

助手進來，「已經修過幾次，怕是線路問題，須拆開大整，這樣一閃一閃，晚上有點可怕。」

「大概知道我們要拍恐怖片。」

王初一在會議室外等候，一見陳珏，便繞着手上前，「我已知道你是導演，這麼多人，一直以來就是你不喜歡我，挑剔我。」

初一走得很近，臉上沒有笑意，燈光一明一暗，反射在她臉上，王初一看上去忽然與平時不一樣，有種蕭瑟落寞之意。

導演靜靜凝視她，半晌，輕輕說：「就是你吧，瑞姐，請知會老闆。」

一聽這話，初一忽然忍不住，哇一聲哭出聲，她索性坐倒地上。

這幾個星期，她已聞説導演不屬意她，十分苦惱，這是她工作上一個巨大轉機，不能失落，忍忍忍，終於得到釋放，再也無法控制情緒，坐倒地痛哭。

瑞姐連忙蹲下扶起，「好了好了，快熟讀劇本妥善揣摩。」

初一不肯罷休，撲近陳珏，一拳一拳搥打他胸脯，奇是奇在陳珏也不避開，着實吃上幾拳，不過，那是美少女粉拳，難保沒有人羨慕。

助手連忙拉開，哄着初一出外。

瑞姐看着天花板，「這裏，只有我一個正常人。」

她幫初一推卻好幾個廣告。

「可否讓初二頂上。」

初一立刻緊張，「不行，你看她蓬頭垢面，除出讀書，什麼也不會，別累己累人。」

這上下，已沒人願得罪王初一。

搖錢樹嘛。

瑞姐囑咐初一：「你要尊重團隊每一個工作人員，記住你是最新新人，不可造次。」

初一多麼聰明伶俐，恭敬回答：「明白。」

正式試鏡，陳珏仍然說：「差那麼一點點。」

瑞姐說：「再嚕嗦我把你的臭嘴一掌摑出。」

會議室的燈光修妥，三日後又開始閃，同事們都累了，取來枱燈代替。

這時，天花板忽然滴水，嗒、嗒、嗒，擾人心緒。只得用一隻膠桶接盛，同事嘀咕：「像戰壕生涯。」

並沒下雨，不知因由，無緣無故滴漏。

接着，傳來壞消息。

王初一受傷入院。

導演與製片齊齊跳起，「天亡我也。」

「知會老闆，快！」

瑞姐按住，「正由老闆通知我們，千萬不可聲張，要焊牢桶蓋。」

陳珏也是聰明人，看着瑞姐。

瑞姐嘆氣，「我也剛剛想明白。」

這時，助手報告：「殷律師到。」

瑞姐連忙迎出。

殷律師是一個中年女士，走路用手杖，木無表情，「瑞總管你好，陳導演許久不見。」

「殷律師請坐。」

「大家是熟人，知道我專門替人修補紕漏，但凡尚未搞出人命，總還有辦法，我已初步與這位王小姐談過。」

「她父母可在場。」

「他們不知此事。」

「王小姐尚未成年，年底才滿十八。」

殷律師嘆口氣，「是呀，尚未成年，這四字是關鍵，她若沉不住氣，跑去告發，那我當事人可麻煩了。」

瑞姐瞪目，「她受傷，與我們老闆有關？」

「是老闆夫人，擅闖民居，一頓拳打腳踢，這是結果。」

殷律師出示電腦版。

「啊！」瑞總管差些自椅子跌下。

影像上一個女子近照，半邊面孔青腫，兩眼充血，嘴唇爆裂。

「初一！」

「正是。」

「可惡之至，明知她靠皮相吃飯，太過份，這也是別人生的女兒！」

「總管，陪我走一趟醫院，勸服王小姐接受條款。」

「老闆呢。」

「他實在不便出面。」

瑞姐嘆息，「這便是男人，遇事總怪女子，小則貪慕虛榮，大則不守婦道——損着半邊天還講婦道，嘿嘿嘿。」

助手連忙斟大杯熱咖啡，摻上白蘭地。

殷律師說：「喂，我也要。」

兩人趕往醫院。

一進病房，只見警察已經在場。

瑞總管暗叫不妙，連忙趕上。

看護解說：「我們有必要知會警察。」

瑞姐連忙坐到病床邊，握住初一雙手。

面孔像恐怖電影女角的初一啞聲說：「我告訴警方我半夜自樓梯滾落。」

警察緩緩端詳各人，無奈，收隊。

瑞姐低聲問：「醫生怎麼說。」

「皮外傷，無礙，過幾日紅腫退卻，戲照拍，飯照吃。」

殷律師說：「王小姐，醫院有線人，你快些出院吧。」

「我要講好條件才走。」

殷律師心酸，不但沒有大吵大鬧，反而鎮定地談判利益，是什麼樣的萬惡社會把她逼成人精。

瑞姐問：「初二呢。」

「不關她事，她在學校。」

殷律師自公文袋取出一疊契約，「這是你現住聶歌信山道那所獨立屋，一簽名便屬於你。因王小姐尚未成年，我替你加簽。」

「勞駕。」

「你與流光製作的電影合約仍然生效，一切不變，但是之後……」

王初一輕輕說：「之後再說。」

「還有這一份合約，說明王初一臉傷因自身不小心摔倒所致，與人無尤。」

「明白。」

瑞姐說：「作為一個少女，你也太明白一點。」

初一微笑，「我也覺得是。」

滿面青腫的她笑臉十分詭異，瑞姐忽然落淚。

殷律師說：「我幫你出院，這個星期只說在家讀劇本培養情緒。」

這時王初二趕到，一聲不響走近抱住姐姐。

初一反過來安慰她：「沒事，沒事。」

助手來報：「瑞姐，已安排初一自後門走，大門已有記者聚集。」

瑞姐說：「初二來得正好，你自前門離去，若記者問話，只說是探望朋友。」

初二應一聲。

她已眼紅鼻紅。

殷律師趕回辦公室。

秘書說：「他們在等你。」

殷律師推開房門。

只見那丈夫背着門對窗看風景，妻子呆臉坐着，面孔浮腫，不比王初一好許多。

殷律師看到他們期待與緊張目光。

「全辦妥，不負所託。」

兩人鬆口氣，男子臉皮掛下，活脫是個阿叔輩，筆挺西服已撐不住，他疲倦說：「殷律師，請你辦一辦這一家的離婚手續。」

那妻子沒說一句話，動也不動。

「無其他事，我走了，有事與我助手秘書聯絡。」

殷律師說：「你如遠遊，請留電話。」

「遠遊？哈哈哈，當然，遠遊。」

他拂袖而去。

那妻子仍像被釘子釘住似不動。

殷律師給她斟杯威士忌加冰。

她一飲而盡。

殷律師說：「你也真是，人家一隻耳朵幾乎被你踢聾，需要做耳膜修補，犯得着動那樣大的氣？」

「聶歌信山道房子原是我結婚廿週年禮物。」

「現在真的變成別人的禮物了。」

「廿年！」

「時間過得真快。」

「殷師，我該怎麼辦？」

「速辦離婚手續，我會替你寫出條款，你去比華利山休養，然後，往

英倫陪兩個孩子讀書，千萬不要急急做出任何報復行動，記住，留得青山在。」

她臉色灰敗，「為什麼？」

「我不是男人，我不知道，我只可以説至今肯定你是愚婦，他做蠢事，你更加魯莽，如今把柄落在這女孩手上，她簽一百張協議書也只是表面功夫，她尚未成年，賢伉儷侵犯她人身，罪無可恕，政府有保護婦孺法律，你只能希望她滿足於那間洋房，展開她新生活。」

那女子嗚咽，「我沒有新生。」

「胡説，活着，每一天都必須是新生。」

女子並沒有把這些勵志的話聽進耳裏，她乏力站起，「打擾了。」

殷律師派助手送她到樓下等司機來接。

打開門窗，透透污穢之氣，殷律師着手處理離婚案件。

事態，彷彿靜下來。

王初一暫時租住酒店服務式公寓，由瑞姐及初二照應。

她年輕，恢復得很快，瘀腫以及因傷患產生的五顏六色逐漸消退，初二每早為她拍攝近照，給醫生看她進展。

初一指着右邊太陽穴，「仍然天天作痛，半夜驚醒。」

幸虧已照過ＭＩＲ，證實沒有骨裂，也沒傷到眼球，算是不幸中大幸。

敷衍父母，只說往北海道拍攝雪景廣告。

瑞姐說：「導演不會換角，放心休養。」

初一沉默。

「可是不想繼續拍攝？不可半途而廢，一切已準備就緒，六十個工作天可以完工，這是一齣以心思氣氛取勝的低成本影片，請戰勝負能量，挺起胸膛，幫導演以小本博大利。」

初二輕輕說：「瑞姐說得真好。」

初一咬咬牙關，點頭。

導演說：「王小姐眼神多一股肅殺之意，比以前那種白癡兮兮的造作天真勝多多，但，還是不夠。」

瑞姐不去理他。

這導演，功夫深，學識廣，人也長得好看，但一味對現實不滿，不是辦法。

初一請瑞姐留下說話。

助手提着粥粉飯麵上來。

初二沒有動筷，她在觀看一套舊歐洲電影，這些片子，都是導演囑咐初一好好用心看，誰知初二卻產生興趣。

瑞姐瞄一瞄，只見黑白片是街角空鏡頭，一分鐘也不見有事發生，字幕緩緩升上，劇終。

她失笑，「是什麼電影？」

「中文譯名叫情隔萬重山。」

「像徐志摩出品。」

「很有意思。」

「好了好了，初一，找我什麼事。」

「正經事，瑞姐，請把聶歌信山房子盡快售出套現。」

瑞姐一怔，「照說，是出租好，房產價格日益上升呢。」

「不，售出，乾乾淨淨，免得有人忿忿不平，心有不甘興起官司。」

瑞姐想一想，「明白。」

這女孩恁地聰明。

「我替你找可靠房屋中介，出售後款子用作何用。」

初一想一想，「買兩間登樣點公寓，一間給父母，另一間寫初二名字。」

「姐。」

「我已決定，」初一擺擺手，「我繼續住公寓，簡單方便，看影片上

映之後成績再作打算。」

初二聽後只覺凄涼，站在角落流淚。

瑞姐大力拍拍手，「女孩們，勇敢，勇敢！」

獨立屋三天便售出。

王初一驀然發覺處理房屋事宜的竟是殷律師，因問：「本市只得一名律師？」

「流光製作與她十分熟稔，多年相識，她為人可靠誠信。」

初二沉默，上一代有上一代做法。

事情很快辦妥。

初二陪着父母看新公寓。

王父十分高興，「真是屋寬心也寬，享晚福啦。」

王母：「恐怕雜費也一大筆。」

初一說：「有我呢。」

終於自政府小宿舍搬出。

老家具已不能再用，搬走後牆壁留下一條條灰黑印子，平時也算勤力打掃拭抹，仍留下人間煙火痕跡，歲月留印，牆彷彿會說話，抑或是回音：「功課做好沒有」，「校服裙角要放一放」……

初一竟有些留戀。

天花板牆角有一條四腳蛇，忽然竄跳。

潮濕夏夜，還有飛甲由，偶然，有老鼠路過，非但不怕人，也不怕老鼠籠，有時停住，烏溜溜眼珠狠毒盯住人類……

初二沒有行李，只得兩三件白襯衫，都穿得發黃與需浸漂白水。

初一、初二由瑞姐陪同到殷律師處取文件。

活該有事。

那天下午三時，她們抵達殷律師辦事處。

助手一見她們，呆半晌，「王小姐，我約了你明日星期三見面。」

初一答：「不，星期二，今日。」

助手一查，果然是秘書弄錯日子，一額汗，說話開始結巴。

「怎麼了。」

助手聲音顫抖：「王小姐，請到會議室稍候，我去請殷律師。」

話才說完，殷律師辦公室門一開，她與一個女子並肩走出。

一見王初一與王初二，本來憔悴面目變成死灰，她指着姐妹尖聲喊：「兩個，她們有兩個！」

姐妹也同時看到她。

初二立刻知道這是什麼人。

她沒法控制自身，一個箭步上前，舉起右臂，反手用盡力氣一掌摑向那女子面孔。

只聽得女子慘叫一聲，踉蹌退後兩步，一隻珍珠耳環被打脫，落在地上，的溜溜打轉。

一切在電光石火間發生，瑞姐要拉住初二，已經太遲，只扯到衣角。

初二掙脱，舉腳大力踏住耳環，用鞋底磨幾下，金色珍珠爆裂，讓初二一腳踢往門口。

那女子被殷律師拉住，逃向出路，嘴裏還喃喃叫：「兩個，有兩個。」

這邊瑞姐連忙抱住初二，不讓她再有動作。

她把初二按在椅子上。

殷律師這時回轉，聲如轟雷：「誰，誰搞錯日子？」

秘書是真正懊惱，「是我，」她帶哭音，「殷律師，是我犯下彌天大錯，你把我杖斃吧。」

瑞姐先大聲嘆口氣，「初二，你怎可動手打人。」

初二駁嘴，「她打得初一入院。」

助手問：「可要報警？」

殷律師蹬足，「今日才知道你們一個兩個都沒長腦子。」

只得初一不出聲，她緊緊抱住初二，兩女不聲不響，初二打人的右手指節腫起，不能彎曲。

殷律師揮手，「走，走，快走，我不做你們生意。」

瑞姐只得帶隊離去。

回到初一的小公寓，只會得喘息。

瑞姐責備：「要是警察來了怎麼辦。」

初二答：「她不敢。」

「氣頭上有什麼不敢，我也不會相信你能打人。」

「她先動手打得初一入院。」

「你同她一樣見識。」

「我只是一個普通年輕女子，我不是什麼君子。」

「不，」瑞姐說：「初一初二，你倆絕非普通女子。」

瑞姐口氣像是要與姐妹絕交。

接着幾天，姐妹都沒有出門。

初二右手仍然紅腫，不能拳曲。

姐妹悶在斗室，更加親近。

終於，瑞姐探訪，「他們兩夫妻已離開本市，你們可以外出，不代表無人買兇，需小心翼翼。」

兩姐妹搬入新居，初一繼續拍戲，初二繼續上學，若無其事，但她們深深知道，經過兩次衝突，她倆足足老了十年。

初一的笑臉不再那麼輕俏，初二更加沉默。

為着專心，瑞姐替初一推掉不少廣告。

陳珏與工作人員一起看拍妥局部。

戲中的初一走進一間黝暗大房，頂燈一滅一亮，忽然出現黑影，初一恐懼抬頭，特寫驚慌大眼，她用雙手掩嘴，天花板有黑影撲動，初一急急後退，黑影原來是一隻巴掌大飛蛾，輕輕落在初一面前。

眾人啊一聲，不由得動容。

導演問：「可怕嗎？」

「可怕。」

「背脊骨可有發涼？」

他們支吾。

「即還不夠恐怖。」

「如今觀眾越發喜怒不動於色，要他們怕與要他們笑，同樣艱難。」

「王小姐的反應太過例牌：睜眼、尖叫、哭泣，缺乏特殊之處。」

導演反問：「叫她的頭掉下一半，鮮血長流可好？」

會議不歡而散。

王初一沮喪：「我不拍了。」

「一點點阻滯，就被擊退。」

「我技窮，或者，根本沒有技巧。」

「胡說，你比誰差，你看時下那些年輕演員，昨日我才看一齣電視劇，那女角在醫院探傷重母親，一邊唸台詞，心不在焉，一邊像是想着收工到何處吃宵夜。」

初一被妹妹逗笑。

「不比誰差就好。」

「對，我們去吃牛肉麵宵夜。」

「這麼晚了，休息吧。」

初一說：「不怕，公司車在樓下等。」

初二說：「明天搬新家，開心嗎。」

「明天的事明天說。」

兩人緊緊挽住手，遠看，像連體嬰。

伴作十分高興，說別人家的事：「美國有一個富婦，快一百歲之際，孑然一人，坐在自家豪華大酒店大堂，穿着時髦晚服，似是要出發參加盛大宴會，拉住陌生人說話，誰願陪她聊天，她便把身上珠寶首飾除下贈送，你說，是否可怕。」

初二說：「你有我。」

「謝謝你，初二。」

「這麵好吃，帶些給父母。」

兩人又結伴往父母住所。

老人雜物多，手腳不便，見到女兒，立刻投訴：「天花板頂燈燈泡壞了，廚櫃開關時吱吱響，還有，隔音不妥，時時好像有人走來走去。」

姐妹相視而笑。

老人脾氣統統出來。

老人分兩種，一種隨年齡漸漸開竅：圓通、包涵、智慧，大事化小，小事化無。

另一種越老越嚕囌，挑剔、橫蠻、自尊自大，眼中再也沒有好人好事，倚老賣老，隨時拍案而起，句句話都是罵人。

初二立刻電召三行工人上門服務，並且預先付費。

她們先走一步。

本想與父母聚舊，但他們似乎淨為生活瑣事佔據。

她倆決定為他們僱用幫傭。

「為什麼無話可說。」

「因為這一代覺得自家的事自家擔。」

「我們這一代是否特別苦。」

「你說呢。」

「電影進度如何。」

「導演心思難以捉摸，不與我交談，凡事找副導與我說話，當中誤傳、紕漏、不明之處多多，總括而論，對我不滿。」

「換角好了。」

「我說不出口，想盡力補救，工作壓力大，已經兩個月不見月訊。」

「這變成賣命了。」

「哪一行不是賣命。」

初二心中有數。

一日，她打探得陳珏往會計部支薪，她在大堂等他說話。

他遲到，會計把支票壓在玻璃板下，下班先走，「初二你一個人要當心。」

她是初二，初一是王小姐。

「明白。」

「冰箱有飲料及熱狗。」

「謝謝。」

會計離去，初二獨自溫習功課。

半小時後，忽然聽見沉重皮鞋腳步聲自遠至近，鐸、鐸、鐸。

這不是陳珏，他一向穿老式球鞋。

初二抬起頭，燈光又開始閃爍。

初二不解，為何修理整年都修不好。

她忍不住找到工具箱，打開電掣保險箱，逐格驗查，一向在家，她都擔當維修員任務，簡單毛病難不倒她。

經過檢查，發覺所有接電點都鬆弛，她熄掉總掣，逐粒螺絲上緊，做得十分起勁，然後，啪一聲，大放光明。

「嘿！」她稱讚自己。

一個黑影投在牆壁，初二並不害怕，「是你，陳珏？」

陳珏卻自大門走近，「初二，你怎麼一個人在此。」

「等你說話。」

陳珏穿白襯衫老式深藍簇新牛仔褲，剛剃了個平頭，精神奕奕。

「你剪了頭髮，聖經裏大力士森遜失去長髮便失去力量，當心。」

「噫，平日不愛講話的你今日倒是找到話題。」
「戲的進度如何。」
「緩慢。」
「可以增速否。」
「噫，你又不是製片。」
「我代表初一。」
「她有何怨言。」
「她已盡力。」
「那麼我照實説話，她對角色欠缺了解，不能達到我的要求。」
「角色沒有完整形象，劇本像永遠不會完成，她無從捉摸。」
陳珏看着初二，都説姐妹相像，其實除出五官身段，兩人性格各異。
「主角是一個被人陷害的富家女，性格脆弱，自以為誤殺親父，精神分裂。」

「陳爺，為什麼不早說？」
「王小姐演繹瘋瘋癲癲，很多時候像喝醉酒。」
「這是她第一次嘗試，可否寬容些。」
「已經夠容忍。」
「會否有一可能：觀眾要求沒導演高。」
「錯，觀眾才是大爺，他們的要求比任何導演、編劇、製片都嚴。」
「與君一席話，勝讀十年書。」
「初二，你在學校，讀什麼科目。」
「英語，再申法律。」
「大志向，打算在學府逗留一段日子。」
「我不介意，讀書有趣。」
「我看見你在做報告。」
「題目是『為何勃朗特與奧斯汀幾乎同期，兩女對生活價值觀如此兩極』。」

「王氏兩姐妹呢。」

「我全聽姐姐，她是家庭經濟支柱。」

「可有興趣結伴晚餐？」

初二笑，「天大膽子也不敢與導演結伴，被記者拍到獨家照片，那還得了。」

陳珏微笑。

她對他沒有興趣。

「陳爺，請盡量包涵新人。」

陳珏不得不點頭。

這時，頂燈忽然又閃。

初二吃驚，她仍然坐着，沒有睜大眼睛怪叫，卻緩緩抬頭，一聲不響，看向天花板，神色凝重，驚異，但又不致失措，終於，她站起。

陳珏看牢她，蒼白小面孔，心裏嚷：這才是我要的反應動作！

初一做一百次做不到，初二卻完全不費功夫，他忍不住取出手機拍攝。

這時初二忽然站到桌子上，伸手觸摸燈管。

陳珏急喊：「不可，小心觸電。」

來不及了，燈管發出啪一聲，初二的手被震彈開，跌下桌子，陳珏連忙抱住。

「你這冒失鬼！」

一看她手，指頭發黑，一股焦味，皮膚炙熟。

陳珏啼笑皆非。

他凝視初二失措小臉，心中有強烈願望想撥開她臉上碎髮，他知道需冷靜頭腦壓抑情緒，讓初二坐下，取來急救箱，替她包紮手指。

初二一直沒出聲，也不叫痛。

她站起，「謝謝。」

「且慢，讓我送你這闖禍胚。」

初二這時才覺得十指痛歸心，她本想把燈管頭旋緊，沒想到觸電。

一路上兩人靜默。

陳珏發覺他忘記取那張支票。

到達住所初二不忘提一句：「請記得包涵。」

這種友愛親情叫陳珏感動。

他一夜不寐，一直在看手電拍攝片段，把它過到電腦，繼續觀看。

一早回到公司，在大熒幕上放映。

助導與製片圍攏。

「啊，王小姐終於開竅！」「她看向什麼？我都有點汗毛凜凜」，「天花板上是何物？憑想像我毛骨悚然」，「她為何惶恐至此」，「你用了何種啟示」……

陳珏想解釋，影像中並非王小姐。

這時王初一小姐推門進內：「什麼事這麼熱鬧？」

陳珏立刻按熄電腦。

他對編劇說：「速速把三稿交王小姐對讀，還有，盡量減少對白，多內心表現。」

編劇苦笑，「給我一天。」

「三小時，總管，把編劇關在會議室內寫稿，不要騷擾，我起碼要看到十張紙，你每寫好一張自門縫傳出。」

大家目瞪口呆。

他又說：「王小姐，隨我來。」

初一有點害怕，看着瑞總管。

瑞姐說：「去，去。」

助手前來說：「水管匠來了，說要關掉總製檢查天台。」

助手隨工匠上天台。

工匠皺眉，「你看，天台根本沒有水管，這漏的水來歷不明，最可怕是這樣：不知何處管喉給老鼠啃穿，兜兜轉轉滴到樓下，十分難纏，拆掉天花板未必找到穿孔。」

那怎麼辦。

水管匠攤攤手，「繼續用水桶盛漏水。」

助手忍不住大笑，照事實報告總管。

瑞姐問：「那麼，燈呢，燈為什麼也修不好？」

沒人可以回答。

「讓老闆搬新樓。」

「他不在本市，他有揪心事去了避靜。」

同事們約莫知道是什麼事，只是瑞姐吩咐過：「誰要是互相私議，或是對外洩露此事，一律開除。」

編劇有什麼張良計。

樣。

他略改數段，改寫之處用極粗黑筆塗掉，像是嘔心瀝血痛改前非模

導演設計害王初一，地板上放滿向上圖書釘，叫她赤腳，不准低頭看

地板。步步為營。

初一咬緊牙關，握緊拳頭，巴不得坐倒地上大哭，可是活生生忍住，

面孔歪曲，淚盈於睫。

助導輕輕說：「圖畫釘開竅了。」

導演知道王初一大抵不可能表露初二那種驚惶空洞眼神，不過，再苦

苦相逼，恐怕導演與演員會同時自盡。

這還都是排練，攝影機有時開動，有時不。

一日導演問總管：「可否實驗以手電拍攝。」

瑞姐只答：「救命。」

又有一次，王初一說：「女主角心思複雜，她可有懷疑遭人陷害才送

進精神病院。」

編劇瞪着初一，「什麼精神病院？女主角又為何人所害？她是天生殺手，手段殘酷！」

大家都不敢出聲。

看樣子本子又改過，為免得罪導演，不畏強權。

王初一不怒反笑。

一日，休息完畢，工作人員找不到她，大驚，四處尋找，每個角落尋遍不見，門衛又不見她離去，結果，在儲物室架子下，她蜷縮在一隻大紙箱內飲泣。

把她拉出來，問她發生什麼，為何悲傷，她只說：「我做得不好……」

導演抱住她，「已經很好。」

瑞姐怕初一精神崩潰，狠狠斥責導演，建議整組工作人員十三人放假三日。

初二當然比較逍遙，坐在演講廳溫習做筆記。

同學問她問題，她沒聽清，輕輕答：「是非成敗轉頭空，幾度夕陽紅。」

同學不得要領離去。

初二與姐姐說：「我倆都知道至多還有十年左右，便會失去父母。」

「那當然，吾生也有涯。」

「要撥時間多與他倆相處。」

初一說：「最近母親問要一筆款子。」

「不是有月例嗎？」

「我已給她，他們好像有特別用途，初二，請你打聽一下何故，我擔心他們叫人蒙騙。」

「明白。」

來不及了。

所有意外，都在刹那間發生，一秒鐘已經足夠。

流光製作公司車載着王初一兩姐妹在隧道發生車禍，被迎面而來對頭車碰撞，着火焚燒。

途人見義勇為，冒險拉開車門，車廂裏跌出兩具燒得漆黑軀體。

司機即時殞命。

乘客送院急救，一死一傷。

這是一件駭人車禍。

新聞報道員臉上難掩傷痛之色，「死者是當時得令少女明星王初一之妹王初二。王初一同車，嚴重燒傷，現正在努力搶救。」

流光製作震驚至不能言語，無人可以冷靜回答記者問題。

陳珏坐在地上，呆若木雞。

瑞姐虛弱地說：「這種時候，要站得筆直——」沒説完已經傷心痛哭。

身邊電話狂響。

是他們老闆找人。

她忍住悲傷回話：「是，新聞都是事實，初一正搶救中，有同事在醫院等消息，已派助手與王氏夫婦一起，已有專人安撫，大家都在等進一步信息。」

同事們聚一起面如土色。

瑞姐放下電話。

「他說：『盡一切人事』。」

「他回來嗎？」

「回來也沒用。」

「他回來嗎？」

「不回。」

有人口出怨言：「老闆就是老闆。」

眾人緩緩強忍悲痛，雖然未能全部消化慘劇，也知道已成事實，改變不了。

編劇捧着頭，「我不明白，如花似玉的少女，一下子化為灰燼……」

整個大堂又沉默死寂，只聽到漏水聲音：滴、滴、滴。

整整三日三夜，流光製作像殭屍屋，眾人不吃也不眠。

終於，門外記者群散開，眾報館網頁自由發揮幾近結束，瑞總管說：

「大家回去洗一洗再說，還有其他工作需要交代。」

活着的人還得設法活下去。

大家回家梳洗見家人。

只餘陳珏，還躺地上不願起身。

他身軀已經發出異味，看上去，像流浪漢。

「回家，吃飯，睡一覺。」

「戲呢。」

「等王小姐痊癒。」

「有人見過她嗎？」
「隔着玻璃，尚未恢復神智。」
「醫生怎麼說。」
「什麼也沒說。」
陳珏嘗試三次，才站得直。
「警方可有查明，為何隧道有對頭車。」
瑞姐反問：「為什麼天花板一直滴水？」
陳珏走到門口，差點摔跤，急忙扶住牆壁。
回到家中，他站在浴室蓮蓬頭下，放聲痛哭，直站半小時，皮膚發皺。
他赤裸走到書房，取出紙筆，大力書寫：Fair daffodils, we weep to see you haste away so soon…摔下筆，再度落淚。
他掙扎着剃鬚梳頭，換上乾淨白襯衫。
像瑞總管一樣，發覺自身瘦許多。

在醫院碰到瑞姐，發覺她一夜白頭。
說不再做他們生意的殷律師也來了。
她攤大雙臂，表示人生無奈，眾生皆苦。
三人隔病房玻璃看到王小姐小小身軀躺在治療氧壓箱內。
瑞總管看到她包紮着面孔，忽然問看護：「怎麼知道是王初一？」
看護答：「她胸前掛着名牌。」
「驗過去氧核糖核酸沒有。」
「進行中。」
瑞姐鼻子又酸，扶着殷律師。
護士看着她們，「節哀順變，注意身體。」
殷律師嘆氣：「吃什麼都味同嚼蠟吐出。」
殷律師這次出現，是為王氏夫婦作證同意皮膚移植，初二捐贈大面積皮膚給初一。

她宣佈另一消息：「王先生患二期肺癌，正治療中。」

瑞姐張大嘴合不攏，禍不單行。

「你們不必擔心，我已請示老闆，他認為兩姐妹在流光製作公務車禍出事，應當賠償。」

陳導忽然明白王初一小姐願意踩圖畫釘原因，這是生計。

「她是家庭經濟支柱。」

「請問初二在什麼地方。」

看護說：「我請醫生來說一說。」

醫生走近，「院方已忠告王先生太太，最好不要——」

幾個外人只得垂頭哀思。

「傷者幾時甦醒。」

醫生答：「請作最壞打算：院方希望她會得甦醒，正努力拯救。」

陳珏忽然平靜肯定地說：「她會得好轉，我的戲等她。」

醫生點頭，「如此樂觀是好事。」

看護輕輕說：「你們這般關注王小姐，可見她人緣好，我也期望她醒轉幫我與友人親筆簽名。」

流光製作每天派員工探訪傷者。

不幸中大幸是今日情況比昨日穩定。

連看護也較多笑容。

傳媒算是對王初一長情，在娛樂版撥出一小框，幾行字：「今日可除脱全身泵氣套，放平身軀」，「醫生發現修補皮膚癒合理想」，「初一，我們永遠愛你」，網上問候已達數萬次，「勇敢，加油。」

送到醫院的鮮花玩具糖果從不間斷，拍攝記錄後全部轉贈兒童醫院。

殷律師說：「真想不到王初一可以在短時期內感動那許多人。」

大家默然處理日常工作，希望初一可以甦醒坐起拍照慰問關心她的人。

王氏夫婦是第一第二名獲准進病房探訪的人。

兩老無言，只輕輕叫喚：「初一，初一。」

王母飲泣。

看護搖頭，示意勿大聲哭泣。

「王小姐隨時會得醒轉。」

王母連忙退到角落抹淚。

病人的手指動一動。

她略有知覺，想張口叫人，用盡全身力氣，都未能發出聲音，她頹然掙扎，卻動也不能動。

看護說：「今日到此為止。」

媽，爸，初一呢，初一怎樣？

聽見兩老走向門角，這時王母忽然說一句話，聲音十分低，但仍然清晰傳入病人耳中：「幸虧初一獲救，公司願意負責所有費用。」

傷者呆住，不，不，我是初二，爸，媽，我是初二！

兩老已經離開病房。

初二停止掙扎，我是——

她一顆心漸涼。

看護替她檢驗，接着，醫生也進來。

「真是奇蹟。」

「燒傷治療主任建議開一個簡單記者招待會。」

「可以考慮，待王小姐醒轉才說。」

病人眼皮眨動。

醫生說：「王小姐，聽見我聲音嗎，慢慢來，別心急。」

接着探訪的是瑞姐。

「初一，初一，是我。」

都叫初一，初二心裏疑惑，真的初一呢。

她睜開眼睛，看到穿白袍戴口罩的瑞姐。
瑞姐見她甦醒，想伸手去握，被醫生阻止。
「看到了，她認得你。」
「初一，加油。」
初二漸漸明白，初一恐怕凶多吉少。
她渾身寒冷顫抖。
醫生說：「蓋電毯子。」
「初一——」瑞姐想說什麼。
醫生搖頭。
瑞姐忍住眼淚，「我明天再來。」
初二喉嚨發出聲音：「啊，啊。」
看護說：「警方想問話。」
「今天不行。」

「他們堅持盡快爭取罪證。」

「五分鐘。」

警員走進病房，有禮自我介紹：「王小姐，你只需回答是或不是，毋須說話。」

警員一連問十來個疑點。

初二一無所知。

她努力搜索記憶，只記得隧道路燈開始閃爍，像是先兆，然後一聲巨響，初一，是，初一伏到她身上，一定是要保護她，然後，一股炙熱火光。

「火。」她說。

警員趨近，「王小姐，你可見到什麼可疑人物。」

初二流淚。

醫生按捺不住，「請你離去，明日再來。」

警員不放鬆，「王小姐，你想說什麼？」

初二已經乏力。

醫生伸手按住。

警員無奈離去。

門外，他的同僚問：「有何消息。」

「可憐，右半邊臉纏滿紗布，一個女明星……唉，是她妹妹捨身救她，她沒看到什麼，那輛對撞車真是詭異，是輛失車，車主一星期前報失，鑑證科在餘燼中一無所得。」

陳珏守在房外，聽到一切。

他垂頭，下巴幾抵胸膛。

這種情況之下，一輩子報不了仇。

兩個看護經過，低聲說：「最怕男人哭泣。」

曾幾何時，男子怕女性哭泣。

「一看就知他深深愛着她。」

「真淒涼。」

陳珏終於見到傷者。

她右邊臉紗布除去，燒傷處足足一個巴掌大，淺紅色，像一種不透明磨砂玻璃，陳珏不覺可怕，只是心痛，這從前可是粉妝玉琢的一張臉，美壓全城，今日已是破相。

她認得他，微微頷首。

他蹲在她面前。

她忽然輕輕說一句話。

陳珏把耳朵趨近。

她說：「戲要拍下去……願望。」

陳珏一味點頭，「是，是，明白。」

「不要哭，初一不會喜歡。」

陳珏連忙像孩子那樣用袖子擦乾眼淚。

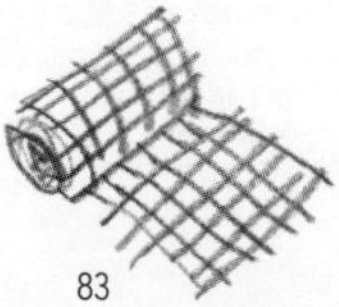

「編劇辭職，兩個副導只願等我六個月，薪酬改成每月攤付，我會支持下去。」

初二已經決定，「我的酬勞……」

「一定如期交到王老先生太太手上。」

初二鬆口氣，「謝謝。」

她用手遮着臉，「這傷口如何遮掩。」

後邊傳來一把聲音：「反正是恐怖片，毋須遮瑕。」

初二放下心。

「初一，有一個壞消息，你一定要消化掉才能存活。」

初二知道是什麼噩耗。

「初二已不在人間。」

初二想叫出：我就是初二！

但她沒有勇氣，如果他們知道她不是初一，將會多麼失望，初一才是明星，眾人現在的唯一盼望就是她仍然存活。

初二沒有言語。

「休息吧。」

初二沙啞喉嚨：「我——」

醫生俯視她，「王小姐，不要激動，令妹緊緊抱着你遮擋烈焰，就是想你好好生活。」

初二痛哭，她做得了初一嗎，她揹得起家庭經濟嗎，初一已經不在，她心如刀割。

看護說：「快鎮靜下來，不然出院無期。」

初二渾身炙痛，看護替她注射。

瑞姐抱怨，「陳珏你不該什麼都講。」

「總得由我做醜人。」

各人都瘦許多，也沒少吃喝，由此可知，勞神最傷體力。

出院那一天，能到的人都到齊，包括好幾十個記者，王初一官方網站仍然有專人處理，沒刊登照片，也請漫畫師畫出各種可愛形象，描述她傷勢進展，這次真人亮相出院，記者都想得到第一張照片。

「王初一出院」也有劇本，先是戴墨鏡口罩，然後，在擋風處停步，緩緩除下口罩眼鏡，毫無隱瞞，以真面目示人。

半邊臉傷處清晰可見，還要輕輕道出黑色幽默，「醫生說，慢慢可以矯正，不怕沒臉見人」，幾個年輕女記者心腸軟，聞言哭出聲，男記者也為之惻然，喊說：「初一初一，我們一樣愛你，請奮鬥！」

煽情至此，都快成東洋人。

都叫她初一，如果是初二，不會有如此效果。

司機問：「瑞姐去哪裏。」

「王小姐自家公寓。」

轉頭對初二說：「替你僱了特護與保母。」

初二點頭。

到達門口，發覺父母已在等候。

初二這才明白，好好生活，珍惜自身，不要出事，便是對父母至大孝敬。

「初一回家了，看到你就好。」

王父有病，消瘦得臉頰凹進。

他們一起進屋內坐下，喝一口茶，便告退，讓女兒休息。

瑞姐進房聽幾個電話。

稍後出來說：「老闆問你可要說幾句。」

初二一怔。

「他每天都有問你病情。」

初二伸手接過電話。

那邊聲音傳到：「初一，放心休養，努力向前。」

初二輕輕回答：「明白。」

「如果工作可以助你痊癒，那就勤工吧。」

初二答是。

忽然語氣轉為親昵，「初一，我每天都牽記你，請原諒我無法在你身邊。」

初二不出聲。

「我會照顧你一生。」

初二無法言語，輕輕按熄電話，還給瑞姐。

她說她有點倦。

眾人散去。

瑞姐說：「陳珏，你留下。」

陳珏點頭，取出電腦，寫那永遠不會完成劇本。

瑞姐說：「你這本子N次改下去，不是辦法。」

「不願草草。」

「凡事適可而止，」她好似還有別的意思。

陳珏問：「公司會議室的燈可修整妥當。」

「說也奇怪，忽然恢復正常。」

「漏水呢。」

「原來是乙座一隻大金魚缸去水喉滴漏，禍延我們甲座，如今也沒事。」

陳珏說：「那麼說，霉運是過去了。」

「我叫人拆除窗簾，讓陽光透照。」

「瑞姐，你的黑眼圈驚人，回家補救。」

瑞姐嘀咕：「真是，還需見人呢。」

那一夜，初二睡自家床上，一直到天亮，看護照顧她換藥，安上透明壓力面罩。

看護說：「報上全是王小姐正面消息，我們都覺得安慰。」照片放得四分之一版面那麼大；奇怪，並不特別難看。

那邊，瑞姐放下報紙，「是初一那雙眼睛，照舊明亮，又有鬥爭之意，竟戰勝那麼大傷疤。」

「看樣子，戲的確可以拍下去。」

主要實景是一間貨倉，經過加工處理，變得更灰更破，燈泡沒有燈罩，窗戶沒有窗簾，睡床沒有床框，衣櫃沒有門，無論什麼東西，都像缺一半。

初二想：這不就是人生嗎，特別喜歡，賓至如歸，馬上把那空間當第二個家。

貨倉天花板有兩扇天窗，一爿髒得黑漆漆，另一爿擦得明亮，這也是一個對比。

初二在倉內躑躅、沉思、休息，漸漸失去自我。

下雨，天窗隙忽然漏水，劇組人員拿一隻塑膠桶盛住：滴、滴、滴。

瑞總管走進倉庫，差點被一陣霉氣打回頭。

「導演，噴些空氣清新劑。」

「不可。」

「工作人員會中毒，電影又無嗅覺。」

「演員有，空氣清新，表情不一樣。」

「我不想久留，長話短說，注意初一健康。」

「還有何吩咐。」

製片千叮萬囑：「請勿超支。」

瑞姐安慰：「這次不會，一間破倉庫，十分節約。」

「他請來三名世界級燈光師。」

「我們走吧。」

一日，花整個下午打妥了光，卻不見了女主角。

「王小姐呢，可是趁我們不覺走出去？」

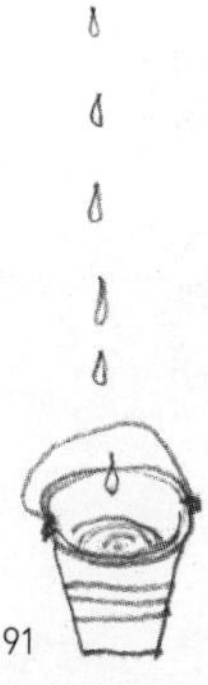

十多工作人員找遍貨倉不見人。

助手發急，「快找，衛生間可看過。」

眾人滿頭大汗，幸虧有上一次經驗，終於，在鐵樓梯下角落，大紙箱內，又看到王小姐蜷縮哭泣。

助手也鑽進：「又怎麼了王小姐。」

女主角抬起淚臉，「我做得不夠好，我妨礙工作進展。」

導演把她自箱子拖出，再三勸慰：「你演得很好，驚駭場面控制恰到好處，工作人員被演出嚇到落淚。」

這才可以繼續工作。

女主角越來越瘦，除出營養奶劑幾乎吃不下任何東西。

漸漸工作人員也開始喝那種高蛋白質石灰粉似奶飲。

副導請他們一有空便坐到戶外曬太陽。

戲的細節叫人毛骨悚然。

像天窗上忽然跌下一隻大飛蛾，掙扎半晌，落在女主角手掌，她二話不說，送入口中，咀嚼兩下，道具逼真，飛蛾毛茸茸翅膀還可以撲兩下……

女主角右臉疤痕結痂，阻她笑意，只得一半嘴角翹起，份外詭異。

助手喃喃說：「我很害怕。」

網頁記者走出倉庫時絆一跤。

他隨後這樣寫：「恐怖得要添一件外衣，導演心理變態」，最後一句隨即刪卻，卻已造成一種氣氛。

瑞總管說：「這樣不行，倉庫快變成減肥營。」

最可怕的是劇本。

封面寫着戲名：念初。

裏邊一大疊空白紙張，一個字也無。

偶而有導演描的漫畫，不是鏡頭繪圖，而是毫無意義的塗鴉。

老闆在外地這樣說：「戲名非常好。」

瑞總管問：「你什麼時候回轉？」
他只是這樣回答：「世上，誰沒有誰不行呢。」
這該打的二世祖。
瑞姐每隔一陣便致電警署找負責該案的警員問責：「進展如何？」
「如有新證，一定即時通知。」
「可是已成懸案。」
「不可以這樣說。」
「辦事努力點可行。」
「警方態度一定不會疏忽。」
「是否苦無證據。」
「兩輛燒焦車輛仍置倉庫，只剩支架，我組有時間便去巡視。」
「太感人了。」
警方嘆口氣掛電話。

對頭司機身份至今不明。

瑞姐請求導演給女主角放假。

「不行，休息過後不連戲。」

就那樣連日連夜工作，整組人都幾乎精神崩潰：易怒，易愁，時時用冷水敷臉。

一個小妹自衛生間奔出，哭叫：「水喉水變成墨汁！」

大家進去一看，卻沒事，明明是清水。

瑞姐下令，放假一日。

「回家，喝半杯白蘭地，睡覺。」

瑞姐護送王小姐。

王小姐取起導演的劇本，「看，紙頁殘損捲角，像是溫習了數百次，明明是白紙，他看什麼？」

各人都睡過頭，由場記一個個叫醒工作。

看護替初二換藥，「王小姐，痊癒進展理想。」

初二卻不以為然，她回家送支票。

王母說：「初一來了。」

一字不提另外一個。

好似這個家，從來沒有王初二。

那一天，王初二為王初二飲泣。

心中卻在寬慰：王初二終於撐起這頭家。

瑞總管忽然患濕疹：臉上身上紅腫、疼痛、發癢、流膿水，叫苦連天。

又有同事不住嘔吐，又不是懷孕，只得休假。

導演頻咳，成藥無效，被醫生召去照肺。

長期在那種陰暗潮濕地方拍攝，影響健康。

工程人員說：「其實光線氧氣正常，有儀器記錄可以證明，負能量氣氛純屬營造，配合影片調子，員工不適，是壓力所致。」

不知信哪一個說法才對。

「老鼠！老鼠！」

劇務借來兩隻神氣大貓巡視。

看到貓捉老鼠，又有人吃不消，「太殘忍」，即時離場。

這些瑣事很快傳遍娛樂版。

有記者這樣說：「怪人怪事多。」

所有在娛樂圈工作的人都知道，對他們來講，沒有壞的宣傳，沒有人提才頭痛。

王初二傷勢痊癒了嗎。

新植皮膚漸漸癒合，呈微細波浪如妊娠紋，看護用特別配方藥膏塗抹按摩，着她避免日曬搔癢。

面上傷痕最顯著，晚上戴壓力面罩睡覺。

瑞姐說：「所有面罩，尤其是小丑面譜，都有點可怕。」

陰雨，瑞姐陪初二在公園小坐，靜靜看海景，正覺鬆口氣，忽然聽到背後喧鬧聲，瑞姐轉頭，見兩個小男孩拉扯一個小女孩衣衫，這麼小，已經懂得欺侮女性。

初二緩緩站起。

瑞姐喝道：「你想做什麼，你給我坐下，我會報警。」

初二摔甩瑞姐手，慢慢朝三個孩子走去。

瑞姐蹬足，「這不是你，你從不多管閒事。」

初二已走到他們面前。

「放手。」

兩個十一二歲男孩本來仍嬉皮笑臉，「姐姐——」

驀然看到王初二臉上半邊面具，驚駭，退後。

「不要回來。」

他倆忽然恐懼，轉身拔腳飛奔。

瑞姐對小女孩說：「你怎麼落單，朋友呢，父母呢。」

這時有成年人跑近，沒聲價道謝。

初二轉過身子。

事情平息。

瑞總管說：「以後不許再做這種事。」

初二卻問：「我的臉，有這麼可怕嗎？」

「別亂想，那兩個頑童做了虧心事。」

「落單，瑞姐，我落了單。」

「回家吧，別叫瑞姐我傷心。」

醫生知道事故，替初二換一副肉色面罩。

助導喃喃：「更加怪異。」

偏偏在這個時候，有設計公司與流光製作商議，製造一連串王初一產品，專攻年輕人市場，把面具怪形象加印T恤、外套、背囊上邊，還有鉛筆、筆盒、化妝袋、小鏡子、貼紙……真是黑色幽默。

設計人說：「不是不知傷者痛苦，但，總得化悲憤為力量。」

瑞總躊躇，「她親愛的妹妹因此喪生。」

大家沉默。

「或者，加一套初一從前天真可愛樣貌。」

日籍設計人輕輕說：「這是初一小姐轉變形象的時候了，誰可以天真到二十歲。」

「本來，拍這套恐怖電影，正有此設想。」

「這樣吧，在產品上加勵志語句，盡量不落俗套，簡潔為上。」

大家不出聲。

「徵詢初一小姐本人意見。」

手上的設計圖樣並不可怕，是王初一漫畫形象，只不過右邊臉上有面具，面具上還有各種花紋。

背後傳來聲音：「哪有這麼可愛。」

王初二忽然出現。

設計師連忙站起，這還是他第一次見到王小姐，名不虛傳，瘦削高䠷，渾身清逸，據說，同傷前是不能比，但雙目仍然晶亮，今日她沒戴面具，左右臉頰顏色與質地都有差異，粗看以為是特技化妝。

她穿一套深色寬衣薄綢衣褲，啊不大像這個世界的人。

「初一小姐可是不反對。」

瑞姐趨前，與王小姐細語幾句。

初二說：「這是新戲造型，需讓導演過目。」

「明白，我們等待好消息。」

「初一小姐，請為我女朋友簽個名。」

他取出10×8照片。

瑞姐說：「我有更好的劇照。」

黑白劇照中王初二穿黑衣黑裙側身獨自站貨倉窗前，有種寒意。

初一揮筆寫上「念初」二字。

啊，大家都吸口氣。

設計師說：「我女友最近才愛上初一小姐，敬佩她值得學習的鬥志意旨。」

初二聽到這話，覺得一絲溫暖，她微微向設計師頷首。

導演稍後說：「我不反對，老闆怎麼說。」

「老闆避世。」

「你以為。」

初二案頭有一幀姐妹倆小小合照，兩人不知為什麼笑得合不攏嘴，兩雙大眼睛瞇成四條線，照片前一隻碟子放滿剪下清香薑蘭。

初二說：「姐，冒你名這些日子，做得不夠好。」

她彷彿聽見聲音：「多笑一點。」

傷口扯住，不好笑，只有更駭人。
已經做得夠好。
太想念你。
聽見你晚上飲泣。
姐——
把戲拍完，你可以退休，恢復原身。
這戲不知幾時才拍得完。
快了，老闆與製片會逼他。
陳珏他……
演員不可與導演產生瓜葛。
有這樣一條例嗎。
存在百餘年，沒有人遵從。
一個晚上，燈光出問題，做整夜，未妥善，初二等得累極，更加知道初一這口飯不易吃。

她走到門口，看到司機，請他載她兜風。

小小白色公司車，車身上漆着流光製作四字，這輛車，同出事那架一模一樣款式顏色。

司機問：「王小姐想去何處？」

「兜兜風。」

司機開車穩健，載她上山。

初二活這麼久，還未真正悠閒觀景，只見山下燈光燦爛，像灑遍一地珠寶玉石。

「王小姐想喝什麼我叫小店送來。」

還有這種服務，「啤酒吧。」

「王小姐，聽說小店咖啡不錯。」

「那麼，就咖啡吧。」

不消五分鐘，小店伙計送飲料過來。

「王小姐，天快亮，我載你回去。」

初二點頭。

車子回到倉庫附近，初二已覺不妥，本來車場停滿滿車，此刻都已走空。

門房迎上，「王小姐，你這才回轉，導演已經喊收工，都走啦。」

司機連忙說：「王小姐，我送你回家吧。」

初二氣得頭暈，等了整夜，不過走開三十分鐘，已經遭此侮辱。

她雙手顫抖。

換是初一，不知會怎麼做，她可會一腳踢開貨倉大門，把裏頭所有雜物摔個稀巴爛，抑或放一把火，燒掉廠景。

初二只是忍耐不出聲。

她剛想乘公司車離去，忽然一個黑影走近，這樣說：「想兜風散心？

我可以載你。」

初二站住。

這正是可惡可憎的陳珏。

司機見狀，識趣，悄悄把公司車駛走。

陳珏推着一輛哈利戴維生機車走近。

他把一頂頭盔交到初二手上。

他坐上司機位，發動引擎，發出轟轟聲音。

黑暗中看到陳珏閃亮雙目。

初二緩緩走近，她從未曾乘過機車，更不要說如此強勁的飛車。

陳珏顯然是挑釁。

如果是初一，必定毫不猶疑跳上車子，假使是初二，會轉身離去。

但此刻她是初一，又是初二。

她緩緩上車。

「坐好，抓住扶手，腳放凸板。」

呼一聲，機車像一匹馬，往上仰，咆吼一聲，急轉彎往公路駛去。

轉彎時車身斜傾45。角，初二膝蓋幾乎擦到地面，司機與乘客像懸掛在車側，危險到極點，是因為離心力緣故，所以還沒有摔倒。

初二一顆心似要躍出胸口。

但那速度，那奇異的危機感覺，都促使她清醒。

車子在公路上風馳電掣，完全不理車速限制。

初二漸漸鎮定，握緊扶手的手掌盡是冷汗。

根本看不清楚車子兩旁風景，只見路前的樹木燈柱壓倒似撞向車子。

啊痛快，世上什麼都不重要了，只要控制住車速，一切都會無恙。

車子駛到山頂另一邊，停下，初二看到另一種風景，一片漆黑，卻有漁舟點點亮光，東方已現魚肚白，可是一彎新月卻未褪盡。

嘩，真漂亮，簡直不像是這個城市景色。

行山熟客經過，認得陳珏，與他招呼。

有一個女子輕輕説：「替我們問候王小姐。」

初二感動，摘下頭盔。

眾人輕呼：「王小姐，看到你真好。」

「不打擾了。」

他們識趣走遠。

陳珏靜靜看着王小姐。

他渴望伸手替她撥回垂下劉海，終於沒有，這樣説：「他們不介意你的傷處。」

初二輕輕答：「這部戲之後，第二部戲就不一樣了。」

陳珏有點詫異，「你長大不少。」

「經過那樣的生關死劫，想法略有不同。」

「回去吧，你不能日曬。」

看護正等她，幫她淋浴穿橡筋背心，糾正她縮肩佝背。

「幾時可以痊癒。」

「實話實說，像目前這樣，已經十分理想，堪稱奇蹟，右頰疤痕，可請神乎其技矯形醫生慢慢治療，亦無問題，但，想恢復到原先未傷那樣，是不可能的事。」

初二不出聲。

「但一個演員，靠的是演技，不是嗎。」

初二忽然笑，右邊臉頰扯動，有點詭異，「你以為。」

看護心酸按着她，「以後，大不了不穿泳衣。」

那邊，陳珏的機車回到家，尚未熄引擎，一個人走近。

「咦，總管，這麼早。」

瑞姐繃緊一張臉，「進屋説話。」

「我家有異味，我們找個地方吃早餐。」

「快開門。」

陳珏無奈，只得打開大門恭請瑞總入內。

瑞姐來過這宅子多次，每次家具雜物都少一些，據陳珏說是各女友離他而去之際，把值得帶的雜物也帶走之故。

如此，只剩下一張桌子兩張椅子。

陳珏做杯咖啡給瑞總，咖啡倒是很香。

「瑞姐貴人踏賤地，有何貴幹。」

「昨夜發生什麼事。」

陳珏一怔，「誰朝你告狀？我不信是王小姐，她並非事事訴苦抱怨之人。」

「算你眼光準，自然不是她。」

「消息傳得如許迅速，那是誰。」

「陳先生，我認識你多久了。」

「一百年。」

「你一年比一年笨，想是自以為站穩腳，不必再長聰明，陳先生，這是流光製作，你、我、王小姐均是流光製作職員。」

陳珏一怔，忽然低頭。

「他人不在勢在，你約他的女主角半夜騎機車上山遊蕩，他會不知道？」

「散散心而已。」

「恐怕不止這麼簡單吧，司馬昭之心，路人皆知。」

陳珏語塞。

「這些日子以來，別告訴我，你沒認清王小姐身份，一個少女，進流光拍幾則廣告，身份忽然矜貴，保母司機秘書助手一大隊跟着侍候，衣食住行水平十級跳，老闆夫婦忽然打鬧分手，喂，你一絲感應也無？到今日，意外之後，毫不猶疑等她復元，不惜工本，繼續拍攝……你還不知是什麼一回事？陳珏，我已頭大如斗，一夜白髮，拜託你，大家不過是為三餐一宿，我那兩個犬兒剛在倫敦升讀大學，負擔甚重，你高抬貴手可好。」

瑞姐朝他抱拳。

陳珏不發一言。

「你別以為王小姐已是破瓷，說難聽些，你可以撿次貨，也許在老闆心中，更加疼愛，只不過他要挑選更適當時機出面，陳珏，兔子不吃窩邊草，你明白嗎，仁兄你還會少女朋友？」

「此處耽不下去了。」

「你在流光多久？七年才拍兩部戲，賣座平平，這是第兩部半，老闆對你不薄，上馬一錠金，下馬一錠銀，陳珏！」

陳珏站立，像是矮了兩吋，他說：「我明白。」

「明白就好，拍完這剩下半套，你隨時可以離去。」

瑞姐也站起，自己開啟大門告別。

她一直欣賞陳珏，這次訓斥任務不好幹。

坐車上，電話到。

那邊的聲音：「他明白沒有。」

「他是成年人。」

「我怕他傷害她，他對女友態度，惡名昭彰。」

瑞姐想：老闆你更勝一籌。

「初一情緒如何。」

「妹妹命殞，父親患病，戲份十分難演，自身又傷痕纍纍，你說呢。」

「我回到她身邊會不會好一些。」

「請勿節外生枝。」

那邊長嘆一聲。

「你那邊生活如何。」

「我跟師傅學習釣大魚。」

「祝你心想事成。」

瑞總管沒閒着，陪王小姐看矯形醫生。

醫生說：「王小姐來得正是時候，你看，左右臉已不對稱，因新膚扯緊，右眼低過左眼達五厘米，得小心矯正，這次手術，可以增長我名氣，也可以毀我名聲，王小姐的傷疤本市人人皆知，都在等待治療效果。」

這名醫倒也坦率。

「導演說，最好等戲拍完——」

「我不管什麼導演什麼意見，王小姐此刻便需做第一次手術，請看電腦示意。」

電腦影像把步驟逐步點出，每次只做一點點，約五次之後，希望恢復九成原貌，然後，細細打磨肌膚補疤。

「終究微細神經遭到破壞，笑時不自然，人工不能與天工相比。」

瑞姐嗒然。

「痛嗎？」

「痛不可擋，會有藥物幫忙。」

初二說：「動手吧。」

「王小姐勇敢果斷。」

「請醫生定出日期。」

陳珏知道後氣得摔東西。

「那還怎麼連戲。」

「你一定有辦法。」

「我不拍了，停工，我願意賠償。」

「你吃的是燈草灰，放的是輕巧屁，你甩下未完工電影，以後往何處？脾氣那麼大，行頭那麼窄，誰還敢用你？」

陳珏氣得想哭。

「剪接時動些腦，順着序女角面孔由花容漸漸融解至爛面，豈不更增恐怖氣氛。」

陳珏一怔，「瑞姐，這還算是一套戲嗎。」

「運氣來到之際，什麼都是好戲。」

「該戲完成後我便轉行。」

「三十不學藝，你已在本行蹉跎半世，還想轉什麼行業？把我也帶走，我也怨盡怨絕。」

兩個老友相視苦笑。

瑞姐斟出威士忌，「捱完這齣命乖的戲，明天會更好。」

兩人碰杯，一飲而盡。

生活，不過是過一日算一日。

隊員聚在試片室看完成片段。

大約有三分一可用，不知為什麼，雜亂無章未經剪接部份也出奇地吸

引觀眾。

陳珏把流光製作會計部與宣傳部同事也請來觀看。

「啊，是黑白電影」，「底片毛毛，是故意的嗎」，「王小姐仍然秀美」……

等到努力把畫面連貫起來，驚嚇莫名，已經來不及，瞠目結舌，釘在座位上不能動彈。

沒有血腥、沒有怪物、也沒有嚇人音響，黑白默片，偶而閃過一絲顏色，尚未加插特技製作，那詭異磁性氣氛，以及女主角種種不合情理淒清反應與悲涼表情，或是，逆來順受地欠缺表情，已叫觀眾心悸。

女主角為何四處尋覓搜索關閉倉庫，那隻可怕巨型飛蛾雙目，為何似人之雙眼，自天花板滴下是什麼液體，女主角又在逃避什麼。

有人嚷出：「她在躲她自己，她想掙脫這個牢籠，可是又不知何去何從，倉庫埋藏受害人。」

絕望痛苦大眼睛，透露死亡意識，她臉上疤痕，暗顯縫針……

片段放演完畢，有人重重吁氣，「我站不起來」，「嚇得腿軟」，「還未看過更恐怖的電影」，「是否我們看到自身也與過去困有限空間」，「沒有再可怕了，想哭又哭不出，不過是一齣毛片」，「想離座又想看下去」。

都是可靠的評論。

「導演呢，問一問他，到底結局如何」，「好似沒有情節」，「有故事，女主角想為自家復仇」，「時間不能回頭，無法復仇」，「我背脊汗濕，對不起，我想吸口新鮮空氣」。

「王小姐，表現實在無懈可擊，你有真實生活體驗，我們猜想車禍可怖意外，在你腦海揮之不去，才可以有那樣表現。」

這衝動的發言人被助手拉出室外。

陳珏與初二不發一言。

這時，初二做一件意外的事，她輕輕握住陳珏的手。

陳珏一震，卻沒有縮手。

感覺太好，小小有冷意的滑膩五指，包圍着他的手掌，他握得緊一點。

試片間燈全亮，初二的手放開。

但已有瑞姐看得一清二楚。

晚上，她與老闆談論試片結果。

「怎麼樣，還能見人否。」

「恐怖得無以復加，戰慄過想像十倍，不但王小姐掌握得恰到好處，連陳導演也元神歸體，小成本簡潔處理可達如此水準，以我的經驗，此片可獲獎無數。」

「如你美言。」

「他倆的前途——」

「那要看大量觀眾的意願，言之過早。」

「說了等於沒說。」

「有一件事特別詭異，都說王小姐像換了一個人，以她過去的表現，根本不可能做到這樣靜哀，這樣恐懼，這樣絕望。」

「畢竟經過如此災劫。」

「我把片段傳給老闆你看。」

對方苦笑：「我全不懂電影，之所以投資，不過是想接觸一些善解人意的美少女。」

瑞姐見他如此率直，啼笑皆非。

「想念初一，羨慕你們天天見面。」

好幾次瑞姐看到王小姐與導演幾乎頭碰頭那樣看鏡頭，她喃喃自語：「頭蝨，就是如此傳播。」

陳珏顯然孤注一擲，根本沒有把瑞姐的逆耳忠言聽進耳朵。

瑞總管與殷律師會議。

「警方仍然沒有破案線索，開始認為根本全屬意外。」

那麼，根本無案可破。

「隧道內外出口都有無數閉路電視監察，只見那蒙面司機撞過鐵馬阻攔衝入隧道，加速隨意地衝向可能是任何一輛車，但偏偏王小姐姐妹就是在該輛車內。」

「真想念那懂事像她影子般妹妹。」

「不，初二有她自己性格，姐妹倆相差甚遠。」

「不時見到她們二人依偎一起，一個在另一個身邊低聲不知說些什麼忠告，親暱之外，叫人羨慕，我也有姐妹，形同陌路，只有她們子女想要演唱會門票才命我做這做那。」

「初二殞命，我們尚且如此揪心，對初一打擊可想而知。」

殷律師這時說：「警方與院方認人過程，你不在場。」

瑞姐答：「我趕到醫院，只見初一在急症病房急救。」

「初一身上，掛着尚未除下流光製作職員名牌，部份塑膠已融入她胸膛皮膚。」

瑞姐覺得殷律師話中有因，不出聲。

「院方醫生，根據這一點，在記者會上聲明，幸存者是王初一。」

「莫非你有疑心。」

「王初一甦醒後，初二已經火化。」

瑞姐嘆息。

「血液、因子樣版報告都在我這裏，確證兩女為姐妹無異，但卻拖欠牙齒與指模證明。」

「怎麼會少卻那麼簡單原始時期鑑證。」

「他們說全無需要，但我及時追討，總算追回。」

「你有什麼思疑？」

殷律師說：「得物無所用，原來這姐妹倆從未在牙醫處照過X光，又從未申請過良民證，故無指紋紀錄。」

「學生證上不是有拇指紋印，在人口失蹤時採用？」

「只得幼兒園及小學才有那種證件。」

「啊。」

「倒是我們辦公室人員，已設法套到王小姐十枚指紋。」

「有無對比？」

「正設法尋找。」

「你懷疑初一身份。」

「不是我。」

「那會是誰？她父母、陳珏、你我、警方、醫院都確信無疑。」

「老闆。」

「他在初一傷後根本沒見過她，據我所知，亦未說過什麼話。」

「我也說他多心。」

「已經大幸得回一個，待她心身痊癒還來不及，還計較什麼，容後再議。」

「那畢竟是兩個人。」

「老闆生疑，也許是因為初一對他不如從前那樣親熱。」

殷師沉默一會，「王家老先生病況如何。」

「已經用最新藥物控制住，情況樂觀，在家休養，每天有特護上門視察。」

「財帛真好可是。」

「我有兩份文件要初一簽署。」

「滿十八歲了嗎。」

「快了。」

她們不再多談。

一起走進流光製作，意外看到王小姐在表演歌舞，攝影師全神拍攝，同事們權充臨記。

只聽得王小姐圓潤低沉歌聲：「假惺惺，假惺惺，你為什麼假正經，你要看，你就看……」

瑞姐大吃一驚，伸手擋住，「這是幹什麼，初一，你不可唱那樣的歌，你不能表演這種舞蹈！」

導演與主角沒說話，觀眾已經吼聲四起，「瑞姐，你太掃興，讓王小姐唱完這一曲再說。」

瑞姐臉色煞白，「你們這班人思想有問題！」

王小姐整頓一下身上膚色薄衣，大聲笑。

那沒有一絲歡愉之意的笑聲，不是不令人心悸的。

「去，轉妝。」

陳珏緩緩走近，「如今你是導演了，總管。」

「陳珏，你再失控，我開除你。」

「瑞總管請看。」

他把剛才拍攝那場歌舞放給瑞姐看。

大家趨上。

只見小小電腦板上王小姐哼着歌，背景站滿黑壓壓人頭，隨節奏拍着手：「你要看，你就看——」觀眾面目模糊，漸漸猙獰，女孩五官越發憔悴，厚厚白妝，嘴角歪斜。

瑞姐掩臉。

「戲文並無猥瑣之處。」

助手說：「啊，一朝春盡紅顏老，花落人亡兩不知。」

女同事們掩住胸口，想到紅顏彈指老這五個字，臉色煞白，差些落淚。

瑞總管退開。

「繼續。」

只見王小姐搖曳着身子，扭動，轉身，用背脊對着鏡頭，一步步走開。

走近門口，差一步離去，忽然之間，轉身，上衣故意滑落肩膀，她轉臉對牢鏡頭嫣然一笑，才搖着臀部走出門口。

啊，觀眾大力鼓掌。

這不是王初一還可以是誰，瑞姐心中再也沒有疑點。

初一已爐火純青。

一場火把她煉出來。

陳珏說：「不久我就要做後期工作，需要王小姐陪伴，你勿多心。」

瑞總管瞪着他。

他拍拍瑞姐肩膀。

「請宣傳部派人來開會，我想洩漏若干硬照與片段出外。」

瑞姐有事找王小姐。

「初二的學校替她舉辦追思會，邀請你參加。」

王小姐一怔，啊那班可愛和藹的同學，她也時時想念她們。

她心甘情願承繼初一的願望，放棄學業，但心底最深之處，在情緒最好或最壞之時，自自然然會想起同學笑臉。

他們是初一口中的渾人，永遠陽光滿身毫無目的宗旨向前進，宛如生活在烏托邦，不知自學堂出來還有比考試更可怕的社會陰暗面在等他們。

她告訴瑞姐：「我去。」

「不要多話。」

「明白。」

小禮堂佈置簡單大方，台上一幀初二求學時報名照放大相片，四周是她參加校方活動拍攝與獎盃等物，每個同學自攜鮮花一束放台邊，漸漸花束堆滿，香氣盈室。

初二感動，她不知同學們如此喜歡她，記念她。

座椅坐滿，大家盤腿席地，有同學帶來樂器，難得的是蘇格蘭手風琴奏出《奇異救恩》，初二忍不住流淚。

同學們各自感謝王初二：「初二，我的《追蹤拜倫》一文大綱，根本是你代擬，如今過關，你卻不在，我會一生記念」，「初二，我失戀要退學，你走近扭着我雙耳並深深一吻，『如果你不介意，由我頂替』，初二，謝謝你」……

連初二自身都不再記得，他們卻深深銘謝。

「王小姐，多謝你蒞臨我們小小追思會，初二在我們心中，也是一顆明星。」

陪着王小姐的助手這時着人送茶點進禮堂，同學們一掃愁容，前來張望，「謝謝你，王小姐，真是體貼。」

他們吃了起來，又把初二貼堂的作品收拾起來給王小姐。

初二看着自己工筆精細的功課，恍如隔世。

助手輕輕說：「我們還有點事，早些走。」

同學代表送她出門。

「王小姐，祝你早日康復。」

初二已眼鼻通紅。
上車更飲泣不已。
助手與司機都忍不住流淚。
瑞姐說：「年輕人真誠真意。」
秘書問：「王小姐是例外吧。」
「偶然不慎，她也會露出童真。」
「啊，是嗎。」
「她在互聯網找到一支英維多利亞時期古董銀頭手杖，贈送殷律師，據云是維多利亞第一任首相M勳爵所有。」
「那又怎算童真。」
「希望別人快樂，還不是天真。」
「啊，您說的是。」
「我卻奇怪不大好學的王小姐怎麼會知道M的故事，這人的妻子正是

與拜倫鬧桃色新聞的嘉露蓮，她被詩人拋棄後鬱鬱而終，都是被浪淘盡的風流人物呢。」

「這些逸聞，都由初二告訴初一吧。」

殷律師收到手杖，十分高興，天天用。

王小姐十八歲生日，瑞姐在流光製作為王小姐開慶祝會。

用水銀燈把地庫照亮，感覺不那麼可怕，諸同事仍然推推擠擠，不願入內。

瑞姐笑，「導演，你說你的戲多震撼。」

大家還未坐好，忽然，燈光一明一滅，眾人喊叫，偏偏這時捧出蛋糕，銀盤打開，滿滿是灰色大大小小老鼠，有些蠕動，有些奔命，女同事們魂不附體，四散奔跑。

這時燈又全亮。

王小姐走出來，抓起一隻老鼠，送入口中，一咬，鮮血流出。

「救命」，「救命」。

膽大男同事看仔細，「是蛋餅製成老鼠模樣，其餘是會走的玩具，別怕，別怕，惡作劇而已。」

同事們驚魂甫定，有點生氣，「太會胡鬧！」

王小姐說：「各位，戲快殺青，一起慶祝。」

宣傳部人員立刻拍攝。

王小姐抹去嘴角鮮紅果醬，舉起香檳杯，「多謝各位同事愛惜。」

杯子裏有巧克力製成蟑螂與蜘蛛。

瑞姐問：「誰的鬼主意。」

助手答：「王小姐。」

還有一盒滿滿的螞蟻，當然少不了那隻惡形惡相的蟻后與白蠕蠕的蛹，送給殷律師。

助手說：「王小姐心情大好。」

瑞姐說：「越是裝作沒事，越叫人擔心，王小姐的演技已經不同凡響。」

戲一邊拍一邊補，同時配音響效果，陳珏神經仍然繃緊。

實在捱不住，他捧住初二雙手響吻一下。

他並不想瞞騙誰，想知道的人很快便知道。

有關方面說：「他當我是死人。」

瑞姐無言。

「戲即使完成，我也可以束之高閣，讓它永不見光。」

「如此偏激，倒也不像一個生意人。」

「我決定回來。」

瑞姐答：「悉隨尊便。」

「當初我為何離開？」

「當事人都遺忘，下屬又怎會記得，想來，你大概是為避鋒頭。」

「都會人健忘，已經不記得了吧。」

「的確是，老闆。」

「你代通知王小姐一聲，我本月底回轉。」

瑞姐暗暗嘆息，一定要任性，真沒辦法。

「那位太太，你與她已談判妥當？」

老闆沉默一會，「可以做的都做到，初一把聶歌信山道房子賣出，殷律師即代我買回，現在的屋主，正是某太。」

「答應離婚沒。」

「越來越貪。」

「她不是貪，她只是恨。」

老闆沉吟，「女性真是奇怪。」

「莎士比亞說：『地獄之火還不比被嘲弄女性之怒火厲害』。」

「殷律師正在談判，誰也不知她到底要什麼。」

「想你回去吧。」

「嘿，已經反目成仇，做盡說盡最難堪的事，又再共偕白首？笑，笑不出，哭，也哭不出，這齣戲做給誰來看。」

「你倆是戀愛自主結婚，當年的金童玉女，當中發生什麼事，都知道你在下雪清晨蹲她宿舍窗下等，幾乎變成一座冰雕，到底當中發生什麼事？」

他忽然哽咽，說不出話。

「看到你們這種例子，誰還敢結婚。」

他倆談到此處為止。

不到數天，眾人又去忙別的事。

初二真想回校園閒逛，管它有事沒事，像那種無主飄拂幽靈，不知元神與身體已經分離，總會游離到從前喜歡的地方，兜兜轉轉，不能自已。

不，不可嚇自己，也不要嚇別人。

她靜靜坐在一角，看導演推介的經典電影，順着本世紀最佳一百部影片逐一觀看，還有許多不適合大眾口味的歐洲電影。

她學着綠野仙蹤一片主角桃樂妃那樣惆悵害怕的語調遲疑地說：「圖圖，我恐怕我們已經不在肯薩斯州了。」

她在會議室喃喃自語。

外邊工作人員看到一個人推開門進內，反應快的立刻通知瑞總管：「老闆回來了。」

瑞姐連忙丟下電腦、電話、文件，站起趕出。

可不就是他。

真的說來就來。

瑞姐目瞪口呆，手足無措。

他卻相當鎮定的樣子，「各人都在嗎，我要開會，聽一聽本公司最新行情。」

瑞姐連忙把他接進會議室，鎖上門。

「喂，這是我的公司——」

「我要準備會議提案。」

「不用，我問什麼，你回答什麼，王初一在什麼地方。」

「王小姐情緒脆弱，你不能突擊。」

他坐下，「給我一杯威士忌加冰。」

這時有人敲門，「是我初一，瑞姐請開門。」

瑞姐吸口氣，「初一你——」

「我拿威士忌進來。」

老闆自己開門。

門外站着王小姐。

他看到她，鼻子發酸，不但瘦，而且黑，哪裏還是王初一。

她靜靜拿入兩隻杯子一瓶酒一桶冰塊。

「請自便。」

「初一，且慢。」

「還有什麼事？」

「初一，好嗎。」

初二微笑，這樣答：「有記者在我傷後問：『王小姐，痛嗎』，你說，這種問題，怎麼回答，你說呢。」

那平時氣燄淩人的中年人被初二說得低頭。

「放心，這個戲一定會完成。」

「初一。」他伸手去拉她。

初二盡量控制情緒，不露厭惡之情，只輕輕退開。

「我有話說。」

「公司裏不方便講話。」

瑞姐驚訝，王小姐比中年的她應付得都要妥當。

王小姐出去。

中年人焦急，「她可有災後創傷症。」

瑞姐輕輕說：「有時半夜做夢，看到那蒙臉司機摘下臉罩，原來根本沒有五官，是一塊白板。」

中年人不寒而慄。

「醫生說她處理得算是頑強，也許是電影工作給她發洩恐懼與不安，她告訴醫生，背脊上疤痕似地圖：長而凸的像安第斯山脈，當中五個凹痕似五大湖，還有黃河的河套，破碎零星的似亞留申群島……」

中年人鼻酸，他記得，那曾經是世上最滑膩粉嫩的一搭皮膚。

「她可有怪誰。」

「沒有。」

「可有提那件事。」

「一字不提。」

「她真勇敢。」

「大家都佩服她的強悍，觀眾都沒有放棄她，以她為勵志佳例，我親耳聽見街上有人教訓孩子：『測驗不及格都要哭？王初一受那樣火傷還如常工作』。」

「聽你說，戲已送往影展。」

「三個重要歐美影展已收初步剪接，其實，只要看十分鐘已可知是否能夠入選。」

「導演怎麼想。」

「還差一首歌。」

這時，聽見外頭有歌聲隱約傳入：「如果沒有你，日子怎麼過——」

瑞姐煩惱，「叫她不要唱這種歌。」

「——我的心已碎，我的事也不能做——」

聲音溫婉纏綿，心不由己，無比淒涼。

中年人失聲：「這是誰？」

「王小姐練歌。」

「這不是初一，初一五音不全。」

瑞姐說：「不相信你去看。」

門一打開，果然看到不遠之處音樂教師在輕輕指導，王小姐一句句唱出。

中年人呆半晌，告訴總管：「我會到她家說話。」

「她不在家見客。」

「我是客嗎。」

「老闆，我們都盡量遷就王小姐。」

「讓我先見陳珏，請他明早十時到我辦公室。」

他的司機在門口接他，仍然是那輛賓利大車。

不知怎地，這人永遠像暴發戶。

暴發戶老是怕社會譏笑他不會花錢，所以什麼都多花十倍以示大方慷慨。

陳珏就是瀟灑。

早上梳洗過見老闆，白色T恤，健康肌膚隱約可見，一條破卡其褲，加一雙帆船鞋。

他向老闆問好。

中年人看到陳珏，不由得妒羨。

他們是中學同學，年紀不會差很遠，但不知何故，陳珏永遠似文藝青年，他早已成為大腹賈。

幾年前一次，他請流光同事坐船，陳珏來了，穿着小禮服，原來他前一夜參加婚宴，喝通宵，一臉鬍髭渣，根本沒回家休息更衣，他脫下外套，解開鈕扣，迎着海風，瀟灑得難以形容，女子看到他，不期然迎上。

他討厭陳珏這個朋友。

此刻更甚，「你約會王小姐？」

「她是我的女主角。」

「你這種人，最擅長傷女孩子的心。」

「初一也成年了。」

「你當心我拳頭。」

「老闆，我對初一，並無歹念，大家都愛惜她，希望盡一分力幫她盡快復元，你見過她，外觀今非昔比，我們輪流陪她往療養院做運動回復肌膚能力，你躲到什麼地方？今日見初一還有一口氣，存活下來，又打算回頭？」

「你知道什麼！」

「我只知道你極端自私懦弱，目中無人。」

老闆伸手掃落桌子上文件。

陳珏站立，「我替你叫秘書進來收拾。」

「陳珏，你——」

「你管不着我，只餘少許後期工作，我立刻走人。」

「你說王初一今非昔比。」

「世上也有一些人，看人不止看外貌。」

陳珏拂袖而去。

這老闆也還不算壞人，知道用他大銀子彌補天下亂子，他吩咐分發獎金安撫整組員工。

在大堂見到瑞姐陪着王小姐進來。

陳珏忍不住走近，「初一，好好為自己爭取權益。」

初一不出聲。

「我陪你上去見他。」

瑞姐阻止，「陳珏，你的工作已經95%完成，毋須節外生枝。」

「路見不平。」

「陳珏，廿一世紀了，有警方有律師，再說，他也不是害初一初二兇手，他也是受害人。」

瑞姐把陳珏推出去。

初二學着初一語氣，「陳導一向最不喜歡我，今天為何回心轉意。」

「他妒恨老闆。」

初二聽到，仰頭哈哈哈大笑。

秘書到大堂接她倆，「老闆等你們。」

初二這才看清楚他。

比上一次見面，老了十年。

臉皮鬆弛掛下，在嘴角與耳邊打褶，背脊有點拱，最奇怪的是，走路左右一晃一晃，這些，都是從前沒有的狀況。

他沉默一會，然後直接問：「初一，可以回復從前那樣，從頭開始嗎。」

瑞姐不出聲。

只見王小姐靠着牆壁，慎重地說：「我想是不可以了，像我這樣的女子，街上還是很多。」

「初一，只有你明白我。」

王小姐微微笑，「其實不，我只是知道，扮作了解你，有益處。」

「不，初一，不是這樣。」

「就是這樣。」

痛快，瑞姐差些要鼓掌。

「給我一個機會，初一，我願意從新追求。」

初二本來已經轉頭，預備出門，聞言轉頭，「那叫追求？給我們兩姐妹餵興奮劑半癡迷陪你整宵叫追求？」

瑞姐呆住。

胸口不舒服，她靠住牆壁忽然嘔吐。

那中年人大叫：「你們百分百自願！」

瑞姐抹一抹嘴角，拉着初一，逃出門。

她渾身爬起雞皮疙瘩，密密一粒一粒，十分難看，她連忙披上外套。

「我不知道！」

初二反而安慰她：「都過去了，」還不忘加一句：「瑞姐，你什麼沒見過。」

瑞姐慚愧得不敢再説話。

「不好意思，你看，一下子撕破臉，可是明天還是要見面，太衝動愚蠢。」

瑞姐陪初二回寓所。

初二嘆聲：「可到家了。」

倒床上，再也不願意郁動。

瑞姐比她更累，她伏在沙發上。

到黃昏她才有力起來，進廚房做一鍋粥。

粥熟了，初二也醒轉，沖身更衣。

兩女一起吃粥。

初二輕輕說：「瑞姐可以搬來同住。」

「我以為你惱我。」

「怎麼會，事情過程中，我姐妹倆也得到所要的東西。」

「你們未成年。」

「早已是老妖精。」

「初一。」

「瑞姐，我不是初一。」

瑞姐凝視她。

「我是王初二，醫生與警方都搞錯身份。」

「這是創傷後患心理，災難幸存者會得想：為什麼不是我，為什麼我

還活着。」

「你難道沒有懷疑。」

「你是王小姐，明天還要主持試片會，招待記者。」

初二怔住，「明白。」

做戲，要做全套。

那邊，殷律師收到一盒禮物。

打開一看，一驚，失手，打翻，盒子裏滾出一地蠕動螞蟻。

女同事尖叫，「救命，救命。」

膽大的男同事用腳踹踏，「咦，不是真的螞蟻，是啫喱糖。」

「誰惡作劇，由誰送來。」

秘書答：「王小姐。」

殷律師一聽，反而笑。

這表示王初一心情已經進展，可以開玩笑，那，難道不叫人寬慰嗎。

「唷，做得真精緻，果子味道不錯。」
「王小姐請我們看試片，下班一起去。」
「那齣電影啊，毀譽參半，但都説怕是怕得不得了，看了睡不着覺，會得忽然檢視自身過去。」
「我不信。」
「看完就知道。」
「有無聽説王小姐下部戲拍什麼。」
「想必是休息一會才挑劇本。」
殷律師提高聲音問：「不用工作嗎？」
陳珏查視試片間。
助手問：「可要準備茶點，冷氣可要降溫。」
「都不用。」
「人客口渴怎麼辦。」

「那麼，準備礦泉水，一共邀請多少人。」
「六十多名，其中三十個是普通老百姓。」
陳珏微笑，「老百姓的意見至重要。」
「他們大概不會喜歡。」
「小覷群眾是文娛工作者最大錯誤。」
「還沒請老闆呢。」
「不用叫他。」
「不太好吧。」
「有我擔當。」
黃昏，瀝瀝下雨，可是觀眾比預期多，沒請的也來，總不能拒之門外，一百個座位都不夠，排上小櫈子，仍滿座，只得站着看。
宣傳主任得意洋洋招呼客人。
雨漸漸下得大，幸好，沒有地方漏水。

瑞姐吩咐：「張羅一些雨傘，散場用得着。」

開場五分鐘，已有人飲泣，十分鐘，索性哭出聲。

瑞姐納罕，這不是一部悲劇。

可是，她的鼻子也發酸，她已被生活折磨得銅皮鐵骨，心已死，怎麼還會感動。

小劇院中肅靜。

配樂輕輕響起，似舊時七十八轉膠碟唱片，音響不全的唱起：「給我一個吻，可以—不可以—可以—」

忽然一把婉轉清甜聲音重疊加入，「吻在我我的心頭——」

觀眾開頭以為是音響效果，兩重唱疊在一起，有人起疑，轉過頭去，「啊！」他驚呼。

其餘觀眾也轉頭。

他們看到一個纖細女子站在最後角落，跟着影片清唱這首舊歌。

她一張小臉雪白，雙手放背後，聲音淒清，雙目蒼茫。

有人問：「導演，是3D效果嗎。」

「不，那是王小姐真人啊。」

觀眾驚訝得汗毛直豎，沒想到電影與真人一起演出，一時分不出真假，有椅子被推翻。

導演出來鞠躬，「感謝各位前來。」

「不，還沒看完。」

「就這麼多了。」

「足九十分鐘？」

「確是足本。」

大家發呆，「兇手是什麼人？我的天，是女主角嗎，導演，請解釋。」

「還打算補拍？」

導演已與女主角退下。

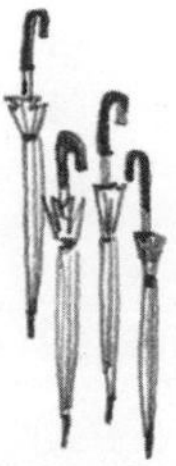

「王小姐，你身子如何？」

她不出聲，只點點頭。

「王小姐，請留步，我們有一百個問題。」

「答三題可以吧，你幾時練成唱歌？」

「笨死了，白白浪費一個問題。」

普通老百姓觀眾看完戲一聲不響離場。

沒有人喝水，也沒人用傘。

「王小姐，保重。」

雨下得更大。

導演與女主角站門口送客。

觀眾感覺像仍未散場，戲還會繼續。

助手替他們打傘，但雨水很快淋濕肩膀，王小姐明明是真人，看上去卻不似真人。

一個記者低聲說：「畢生難忘的一場試映。」

「快回去寫報告，要不，全變成影片中臨記，再也走不出，回不到家。」

「嘩。」

隔一條馬路，老闆與秘書坐車廂看散場情況，他問：「成功抑或失敗？」

「也許是路燈慘綠，觀眾面色不大好。」

老闆忽然覺得臉頰濕濡，他伸手摸摸，什麼地方漏水？一看，車頂似一滴滴有水滲下，他大叫：「賓利車漏水？這世界怎麼了。」

司機驚疑，車廂哪裏會漏，老闆喊什麼。

人群散去。

車子也駛走。

第二天，影評刊出。

網頁最激勵：「不是一部好戲，但是你非看不可的戲」，「每隔幾十年，總有一套不落俗套，嚇得觀眾半死的經典恐怖片，上一齣是《露絲馬利的嬰兒》，現在是《念初》」，「商討人類命運奇情片」，「影片想說這個人吃人社會才是世上最可怕的地方吧」。

忽然之間影評人全成為哲學家。

這並不是一部三十五間戲院齊映，長週末票房收一億的大製作，但四間戲院上映整月座無虛席，成為奇葩。

會上演到明年嗎，誰也不知道。

流光製作聘用幾名年輕人回答王初一官方網頁上千餘條問題，最關心是「可有追求的人」，「下部戲是何種類」，忙得不可開交。

電影送到歐洲參展，入圍。

瑞姐說：「快去訂製晚服。」

陳珏答：「陪跑耳，不必起勁。」

「咄，妄自菲薄，初一與我陪你走一趟。」

「你去過南法蔚藍海岸否。」

「你！做這一行的人最擅長腳不踏實地。」

初二答：「我體無完膚還穿晚裝呢。」

陳珏輕輕說：「我挺你，你氣質體態仍在。」

初二微笑。

一兩句浮面的花言巧語有時十分管用。

下午，殷律師帶助手忽忽趕到。

這樣下令：「王小姐，你坐好，待會我有話說，阿瑞，放下一切工作。」

瑞總跟她入房，關上門。

殷師輕輕說了幾句，攤開手，「這是刑事案，我已幫不上忙，只能推介處理該類案件最強律師隊。」

瑞姐跌坐椅子，不能動彈。
兩個中年女子呆坐無言。
門外有人敲門，「可要威士忌加冰。」
瑞姐大聲叫：「快拿進來。」
殷師說：「王小姐情緒在回復中。」
這話被初二聽見，自嘲：「我等賤民——」
一看她倆臉色，怔住，她倆連嘴唇都發白，可見真發生了大事。
「可是車禍案已偵破？」
殷師搖搖頭。
初二斟酒，「那是什麼事，影片禁映？」
殷師再搖頭。
「聽說影片已不用蝕本。」
「同王小姐實話實說吧。」

「與我有關？」

殷師靜一靜，才緩緩說：「有三名女子，由律師陪同，前往警署備案，指控流光製作公司老闆，在若干年前對她們做出不當行為。」

初二一聽，深深吸口氣。

「這件事，遲早牽涉你在內，你許會成為證人，說什麼，怎麼說，非小心不可。」

初二發獃，她以為事情過去就是過去，沒想到瘡疤又被揭開，烏溜溜傷口又開始滲血。

「老闆已往警署協助調查，記者群聽到風聲，這一次，是新聞頭條，不是娛樂版。」

「初一，警方傳你，你必須出席，這種案件不是小事，有人被判三十年監禁。」

「原先，這種事情一般都不了了之，女方或得到相應機會，或是取得金錢補償，通常啞忍，聲張出來有何好處？一定有道德塔利班出來說話：某某圈子道德淪亡，不知自重的女性下作之類，但這一兩年情況特別，各行各業女性忽然發憤群起反抗，必定要討回公道。」

「本市還是第一宗，想與亞裔女子性格一向懦怯有關。」

殷師聽電話。

她說：「一共三名女子集體訴訟，據說供詞可信，絕非在辦公室被人摸一把那麼簡單。」

「你怎麼看？」

「事情如一把火張揚之後，老闆多年任性乖張生活恐怕要告一段落，若避得過牢獄之災，餘生也只能到南美某小國隱姓埋名過活。」

初二一直不出聲。

世上確有天收這件事吧。

「你怎麼看？」

殷律師答：「我沒有看法。」

「初一，你要盡快決定怎麼做。」

「我與流光製作合約已經履行，互不拖欠，亦不反悔。」

殷師吁出一口氣。

「一方若果已得到當日所求，最好噤聲，那不是欺騙凌辱，那是交易，不可以覺得收太少吃虧要求翻案，盜亦有道。」

這話，真不似少女口中說出。

初二接着說：「我等賤民，一早學會不可出爾反爾。」

殷師喝完杯酒，「我明白了，我這就出去回覆老闆。」

初二說：「忽然覺得累，我回家休息。」

助手說：「王小姐，你還要試妝。」

瑞姐使一個眼色。

助手說：「消息已在網上傳遍。」

「那幾個女子是什麼人。」

「的確與流光製作有過合約，力捧，但沒大紅。」

助手立刻找到那幾人的照片。

「我也記得她們。」

「有人慫恿教唆？」

「一定有。」

「可憐的王小姐，一波未平，一波又起。」

「別大聲，她走了沒有。」

初二走了。

唯一安慰的是，初一已經不在，省卻多少煩惱，世上本來沒有多少美好的人與事，初一連醜惡煩惱的人與事都不必再理會。

初一不在世上，眼不見為淨。

晚上，陳珏探訪初二。

兩人一邊喝冰凍啤酒，一邊下鬥獸棋。

「天氣越來越熱。」

「今夜足足30℃。」

「地球暖化，是不爭事實。」

「千真萬確。」

初二忽然落淚。

「唏唏唏。」

初二伏桌上不住流淚。

「我們都站你背後，我不會同流光再度合作，我將申請大學教席，與你共進退，從此過安定正常生活。」

初二嗚嗚，「別人的生活好似沒有如此艱難。」

「嘿，你開玩笑，沒有別人，每個人的生活都不好過，活得辛苦也不會對你說，眾生皆苦，但凡有三餐一宿，便不應怨天尤人。」

「你也不見得快樂。」

「天下有兩種人於四時中皆無有樂，那是寫作人與導演。」

初二嘆息一聲，「我該怎麼辦。」

「像世上所有人一樣，過一天算一天。」

初二還有瑞姐與殷律師指點。

殷師問：「流光製作可是要結業。」

瑞總瞪眼，「我與陳珏各有百分之十五股權，決不結業，我們要吃飯。」

「老闆決定停工。」

「他敢，我把他所有見不得光的事都掀出。」

「瑞總，你口氣像流氓。」

「我同你說過，我有家庭負擔。」

「孩子一定要讀昂貴寄宿學校升私立大學？他們將來會感激你嗎。」

「我不是要他們感激。」

「偉大的母親，他們的父親呢，孩子不是隨父姓嗎，為什麼你要負全責？」

瑞姐微笑，「毋須用激將法。」

「這是你勞碌的命運可是。」

瑞總不出聲。

「社會杯葛流光製作，說它是變態女奴營，懷疑王初一也是其中一名受害者。」

《念初》本來靜下來的票房一下子又飆升，現在六家戲院齊映，許多觀眾看了又看。

「不知可否賺回老闆律師費用。」

警方傳王初一問話。

初一準時由瑞姐陪同前往派出所。

警方人員看到弱不禁風打扮樸素的她，都有一些意外，與想像中的當紅女明星有極大分別，連高跟鞋與假睫毛都欠奉呢。

大家小心翼翼招呼：「王小姐，這邊。」

「請問要喝水否？」

她自家帶着一隻精巧水壺，壺身有她當年可愛肖像圖案，警員幾乎不忍問她問題。

「王小姐，請據實回答警方問題。」

她點點頭。

警員有難以開口感覺。

「王小姐，你為流光製作工作多久？」

「差不多三年。」

「拍過幾則廣告與電影？」

「三十多個廣告與一部電影。」

「與流光老闆許計是何種關係？」

「老闆與員工。」

「可有親暱成份？」

「我見他不到十次，都有其他同事在場。」

「媒介上有不少消息，猜測你是許氏夫婦鬧離婚第三者。」

「警方相信媒介報道？」

「你曾入住許氏名下聶歌信山道豪華住宅。」

「不到三個月已經遷出，住宅面積太過誇張，不適合新星形象。」

她略顯倦意，喝兩口水。

「王小姐，你健康情況——」

「不可能完全復原，但可生活。」

警員惻然。

「許先生可有對你作出任何不適當行為？」

初二好似不假思索回答：「沒有。」

瑞姐在外邊同別的警員說：「王小姐服藥時間到了，可否結束問話？」

這時在詢問室內，燈光忽然閃爍，像是打訊號，兩名警員反應迅速，立刻站立。

初二仰頭看視，眼神蒼茫，似盼望什麼。

燈上停着一隻極細白色蝴蝶，不住撲動。

初二忽然說：「請不要拍打，開門，放牠走。」

警員不知恁地，聽從初二意見，打開門，那小小粉蝶覺觸到氣流，順着飛出門，到走廊去了。

這時，室內燈光也變回正常。

瑞總管入內，「可以走了嗎？」

她挽着初二離去。

警員瞠目，「同戲裏角色一模一樣。」

都看過那套戲，「燈光是什麼一回事，又沒窗戶，那隻昆蟲又從何而來？」

瑞總說：「真後悔，應當讓殷律師陪着。」

「他們很客氣。」

「碰到這種事，受害人在證供下一次又一次被繼續凌辱，所以許多女子啞忍。」

初二不出聲。

「即使成功控告對方，在法庭上，眾目睽睽詳盡指證，需要多大勇氣，在這個五千多年男尊女卑風俗下，女性餘生被有色眼鏡觀望，連累家人也抬不起頭，終於，社會風氣有所開放，我個人認為無論多苦犧牲都要舉報，但到底不易為。」

初二仍然無言。

「警方希望你有所言語，你有名氣，群眾擁戴，你的話有力量。」

初二相當平靜，她決定不發一言。

她不知道別人，她們姐妹倆純粹自願。
剛提起精神又被打倒。
另一間詢問室，陳珏坦然接受問話。
「陳先生，你是流光製作創辦人之一，你可有看到任何不尋常現象。」
「我只負責導演工作，尤其是引致分心的事，像忽忽亂找女伴，我不會在同一圈子添亂。」
「許先生——」
「我不知老闆的事，無可奉告，他不大在公司出現，他信任下屬，不會在我們頸後呼吸。」
「你可有見過許先生——」
「沒見過，沒聽過。」
「你是不知道先生。」
「我可以跟你說導演苦經，那些，我全知道。」

警員苦笑。

「請恕我多言，物極必反，上世紀，女性受騷擾有苦無處訴，一輩子蒙污，連同性也不幫她們，到了今日，忽然大肆搜捕疑犯，蛛絲馬跡不放過，猶如中世紀抓女巫，電影界這種流言又特別多，許某並非始作俑者，圈內那麼多美女，又不是不願意付出代價換取機會，盼望警方查探清楚前因後果。」

警員感謝陳珏協助調查。

許老闆還是被扣押提堂，情況十分不堪，戴上手銬，用外套遮住，他已瘦了一圈，一臉皺紋，神情萎靡。

初二看着電視新聞，木無表情。

王氏夫婦詢問：「初一，對你有影響否？」

她回答：「沒事。」

真沒想到還有人纏住她。

殷律師說：「許先生的律師想與你說話。」

初二拒絕，「我沒有必要見他們。」

「他們懇請。」

初二搖頭。

「老闆希望你拉他一把。」

「我不會替他開脱。」

「凡事留一線，以後好見面。」

殷師一向照顧她，初二不想老人家難堪。

那兩個律師與殷師完全不同。

她倆年輕，相貌娟秀，外貌與身體語言都似在冰櫃逗留過，穿着深色合身考究得體西服，半跟鞋。

初二沉默坐着。

她們探照燈似雙目上下打量王小姐：這便是傾倒眾生的女演員？失

敬，臉上疤痕清晰可見，並不遮掩。

這時，初二抬起眼，她們看到晶亮眼眸，一怔，怪不得。

「王小姐，感謝你給我們時間。」

殷律師說：「你們想王小姐做什麼？」

「被告許先生的證人。」

殷律師「啊」一聲，「可奇怪了，警方不知多想王小姐出任他們證人。」

「王小姐，希望你念在流光製作對你的栽培，在傳媒發表對許先生有利文字。」

殷師嘿一聲。

「許先生會付出報酬。」

「王小姐不等錢用。」

初二不生氣，她們也不過是聽差辦事。

那是初一生前最崇敬的職業，一直希望初二可以寒窗十載達到那個理想，如今看來，各行各業都有苦處。

她倆木無表情等候王小姐答覆。

初二輕輕說：「我不可以為他的品格作擔保。」

「王小姐，舉手之勞。」

殷律師說：「你已得到答案，再說，會變成要脅王小姐。」

其中一個說：「都說美女沒有良心。」

初二輕輕說：「我是美女嗎。」

忽然除去外衫，轉身讓律師們看她背脊疤痕。

她倆悚然動容。

初二說，「我只是不想做自己不想做的事罷了。」

律師們無奈。

其中一個說：「今日幸會。」

殷律師送客到門口。

「王小姐真是一級演員，我們都看過《念初》。」

殷師頷首。

「王小姐如有條件，只要做得到，我們一定不會推辭。」

終於把她們送走。

殷師說：「下次不可動不動脫上衣。」

「事實勝於雄辯。」

這時殷律師聽電話，「是，是，馬上來。」

她拖着初二回製作公司。

初二以為公司遭到查封，卻原來是王氏夫婦探訪，「多日不見初一，來看看她。」

同事已在殷勤侍候。

瑞總吩咐王小姐添些化妝。

化妝小姐在門口截住初二，即席添上顏色。

初二問：「他們為何突擊檢查。」

「不放心緣故吧，正在吃茶點，二人精神不錯。」

又取出新淨白襯衫，「換上這件。」

一手忙着替初二梳頭。

一照鏡子，神乎其技的化妝專員使初二判若兩人。

初二入內與父母見面。

「怎麼不事先通知一聲。」

沒事人一般與父母說閒話。

王父給女兒看醫生報告。

初一閱後放心不少。

孝順女兒不是一個容易扮演角色，少些耐力不可，半小時後初二已覺疲倦。

瑞姐說：「我們還要去一個地方開會。」

王氏夫婦告辭。

王太太摸着初二面孔，「難為你了，初一。」

「母親如何說這種話。」

司機把他們送回家。

瑞總說：「王小姐你多回家看看。」

初二答：「我沒有面目顏臉回去見父母。」

「你何必折磨自身。」

初二見有剩餘糕點，坐下靜靜吃。

一隻螞蟻輕輕爬過。

初二用一張紙，盛起螞蟻與糕屑，放到窗外。

「我替你準備心理醫生。」

「瑞姐，這些日子，你才是我最佳心理輔導。」

瑞姐握緊初二手。

服裝店送來晚服讓初二試穿。

她們先讓王小姐在照片簽名。

初二說：「我實在不想勞師遠征。」

「我與陳珏陪你。」

「偏在這種時刻——」

瑞姐今古並用，「沖沖喜。」

陳珏與美術指導挑衣裳。

「這件，王小姐，試這件。」

那是一件藕色極精緻蕾絲長裙，只在重要部位釘些亮片。

瑞姐一看，「露前又裸背，盡顯她身上疤痕。」

導演與美指異口同聲：「王小姐從未隱瞞她的傷痕，這就是王初一。」

初二感動。

瑞姐說：「對，對，我造次兼庸俗。」

換上紗裙，所有傷痕都幾乎顯露。

化妝師前來輕輕撲粉。

時裝公司職員淚盈於睫，「王小姐真好看。」

「可要試一試大紅這件。」

初二搖頭。

「那麼，就是這件囉，修改一下，裙腳改短一吋，我們帶來一件坎肩，試試可好。」

一看便知是舊寶，小小白狐皮輕巧遮住肩膀，邊沿也有亮片，不過已經褪色，彷彿太多歌台舞榭，燈紅酒綠叫它疲乏。

陳珏不住點頭。

美指自背囊取出私貨鑽冠，往初二頭上戴。

瑞姐說：「就這樣。」

大家鼓掌。

初二心想，這是做戲子少許愉快時光，初一，代表你出場是我的榮譽。

另一邊，流光製作老闆已保釋在外。

他發覺世上所有親朋戚友都在一夜之間消失。

他一個人在屋內借酒消愁。

連年輕些的女傭都借故辭職。

只有服務長達廿年以上的老職員仍然留在身邊，一句話也沒有，默默工作。

司機是老工人，有點同情老闆，但不出聲，往日接載那些花姿招展的女郎，個個笑靨如花，真沒想到伊們一反臉便叫老闆吃官司。

一夜，他想吃雲吞麵，讓司機載他，半路，問：「王小姐在本市嗎？」

「在法國參加電影展。」

「同誰在一起。」

「瑞姐與陳導演。」

他忽然全無意興，「回家吧，不吃了。」

司機只得調轉車頭。

警方問他：「你可有恐嚇冒犯她們？你可有作出不受歡迎行為？你可有於工作場所在言語上騷擾非禮女子？在沒得到同意之下，碰觸她們身體？」

他不慍不火全部否認。

回到住宅，他致電瑞姐：「影片可有獲獎希望……」

「我想不，評判對《念初》一般看法是故弄玄虛，仿上世紀六十年代歐洲新浪派，若隱若現作風似曾相識，又不算黑潮流。」

「啊。」

「但是，女主角第一次表現，演出奇佳，動人心弦，若獲評判憐愛，王小姐恐怕會獲新人獎。」

「大會有新人獎？」

「他們說有就有，不外是小圈子派對。」

老闆忽然哈哈大笑，「我捧起一顆新星！」

他的情緒波動甚激。

瑞姐不出聲。

「我會盡快退出流光製作，不會拖累它名聲。」

「回來再說吧。」

記者陸續訪問王小姐。

陳珏說：「真沒想到初一英語如此流利，法語也能應付。」

瑞姐答：「同事們從來不曾小覷過她，只有你當她是低能兒。」

——「王小姐，你臉上與背脊疤痕是配合宣傳的化妝吧。」

瑞姐連忙上前解釋。

記者悚然動容，詳盡報道。

沒想到一向最注重女角儀容的亞洲電影會有此例外，不禁對製作多二分尊重。

「意外是在拍攝期間發生？」

「正是。」

陳珏仍然沒獲獎。

王初一上台領獎時掌聲如雷。

陳珏說：「不枉此行。」

瑞姐點頭。

真沒良心，他們一組丟下老闆往餐廳喝香檳慶祝。

外國經理人與瑞姐接觸，願意給劇本參考。

初二沒有意見。

那夜，初二夢見初一。

她如常幫姐姐收拾酒店房間雜物。

初一笑聲清脆，「得獎了，得獎了。」

她抱緊初二，「謝謝你，我不再是廣告牌子。」

接着，初二看到姐姐身軀連獎座漸漸化為飛灰，落在地上。

初二喃喃說：「等等我，等等我。」

她聽到床邊有聲響，轉過頭，看到老闆正在脫衣裳，胸上脂肪顯凸圓似女子，肚皮上一個救生圈，初二驚駭。

「什麼事，醒醒，做噩夢了。」

上飛機的時候到了，助手過來催她，把她叫醒。

初二雙眼腫得似燈泡，再捱十多小時長途航程，面無人色。

——是特地為配合宣傳化的妝嗎？人生如戲。

記者在等他們。

流光同事捧上鮮花，又送記者巧克力，那糖果做得與獎座一模一樣，是一隻小小金熊。

老闆管老闆吃官司，他們還是用心工作。

念初這齣戲，因王小姐得獎，又再繼續放映，許多觀眾特地自鄰埠前來觀看。

公司靠這套電影翻身，把王小姐獎座3D打印放大堂。

這時，外邊的王初一影迷組發明一種透明黏貼，可貼在右邊臉頰，扮作王小姐火傷。

「太過份了」，官方網站予以阻止……

這時，前老闆的三名提告人已開始作證。

官不允許報道，違者作藐視法庭論。

市民到鄰埠買報紙看醜聞，有人不慎帶入境，即時充公。

瑞姐去看過，老闆身形暴縮，西服鬆動如殼。

那些女子在庭外由律師陪同向記者說：「他對我們造成的傷害……」繼而號啕。

許氏的律師作出反擊：「許先生手上有四十多段電訊，均由事主親自發出，口氣親暱，並無投訴或敵意，一夜之間，出爾反爾，改變態度，實另有所圖。」

流光職員議論紛紛：「是受人唆擺？誰？」

瑞姐警告：「有誰再在辦公室議論此事，即刻開除。」

那麼巨大一隻上古長毛象耽在面前，大家都要視而不見，真好演技。

瑞姐叫她：「初一，我有話說。」

初二輕輕說：「我已坦白說明，我是初二，並非初一。」

瑞姐一怔，這樣解釋：「根本兩姐妹長得幾乎一模一樣，沒有分別。」

她拒絕接受。

「瑞姐，戲已經順利完成，我將赴比華利山做最後一次皮膚修整，我認為我已可以恢復身份，不必再用姐姐的護照。」

「那麼說，你得向出入境處承認你冒認他人身份。」

初二一怔。

「你沒想到如此錯綜複雜吧，初一，災後創傷症並非不能醫治，你應好好調養身心。」

瑞姐輕輕把兩個本子放在她面前，「這兩個劇本，你不妨讀一讀，你我身後有三四十名工作人員要支薪。」

「他們怎麼變成我的責任。」

「冷血。」

初二看着新劇本封面，一本叫初遇，另一本叫戀初。

她嗤一聲笑。

「寫得不錯。」

「今時今日，凡事『好』是不足夠的，需超級優秀。」

「對，對，哲學家，先讀一讀再說。」

「我已決定退出這一行。」

瑞姐臉色沉跌，頓時老了十年。

「初一，你叫我折壽。」

「我得回轉學校，繼續學業，記得嗎，這是初一對我的寄望。」

「兩個孩子，懂得什麼，成熟身段，揹幼稚思維。」

「她有兩個願望：做一顆明星與供妹妹受教育。」

「世事豈能兩全其美。」

初二微笑，「這同美有何關係，有機會讀書當然應當升學。」

「讀法律是不是，這些日子你接觸不少律師，那真是一行苦工，同所有工種一樣，許多時候，要違背自身意願，向現實低頭，工作嚴謹枯燥，壓力如山，連結婚生子時間都沒有，好了，就算讓你找到理想對象，日子久了，可能持久，可會反悔，生活中一切煩惱，避都避不過，五湖四海學問也救不了命。」

「瑞姐在說黃粱一夢嗎？」

「你當我話是耳邊風。」

「不聽老人言，吃苦在眼前。」
「當下的機會，千載難逢，似這般機緣，萬中無一。」
「我去加州磨臉，你可一起。」
「我也要做一些手術。」
初二細細看瑞姐，「是，眼角與嘴角都鬆弛，還有，老皺眉頭，眉心有凹位，像第三隻眼，像二郎神君。」
「給你氣死。」
瑞姐帶一個助手，那叫安妮的女孩雀躍。
陳珏報讀一個莎劇課程，也跟着走。
又是一隊兵。
瑞姐租一間小小獨立洋房，有腰子型泳池。
助手不停拍手，她當是度假。
不到三天，她忙得透不過氣，才知是苦差，不過仍然樂觀愉快。

瑞姐嘆氣，「忘記帶廚子與保母。」

助手說：「我立刻去請人。」

清潔女工聽見，「最好添多一名司機。」

連初二都笑，她領取的並非美國演員薪級。

「自家動手，陳珏，你開車，我買菜，瑞姐管廚房，助手收拾。」

瑞姐會做菜？

她訂了飛機票往倫敦看兒子。

助手嚷：「我也去。」

瑞姐說：「你去洗泳池。」

矯形醫生說：「楊醫生把勇敢的王小姐詳細情況向我說清楚，我們先着重做兩件事，把右邊臉皮膚做細做滑，眉毛角植上，就這麼多，三日可以離開醫務所。」

初二點頭。

三天後瑞姐趕回。

這樣形容兩個兒子：「足足高半呎，一口英國音，不願説中文，真自作自受，巴巴送到英國，卻懇求他們説中文，要求買兩輛車，不是一輛……」言若有憾，心實喜之。

陳珏打趣：「可是馬塞拉底與林寶基尼。」

初二接上，「抑或蘇格拉底與阿里士多德。」

大家像沒有明天那樣哄笑。

瑞姐看清楚初二，「怎麼反而不像了。」

「不像誰？」

「既非跳蹦少女，又非婀娜艷女。」

「我是Scar face，自家飛。」

臉上戴着橡筋面罩，只露兩眼鼻嘴，像打劫銀行賊人。

助手第一次見，嚇得往後退。

瑞姐不悅。

陳珏調侃：「不認得老闆？」

初二不以為忤。

她說：「大家可以叫我初三，初一與初二混合品。」

瑞姐這才下氣，對助手說：「還不快去洗衛生間。」

助手答應着走開。

初二說：「小孩子，算了。」

「她比你大好幾歲。」

「父母痛惜，不論家境年齡，都會比較天真。」

小助手看樣子對陳珏有好感，但陳導心在別處。

一天下午，初二調製長島冰茶。

她對瑞姐說：「前前後後足足整十多次，補補貼貼縫縫，幾乎整張臉換過，微細密佈臉部神經已經切斷，許多細膩表情做不到。」

許多導演不用矯形過度的演員。

這時女傭過來說：「門外有客人想見王小姐。」

王小姐尚未出聲，瑞總已經說：「我最討厭那種無故在門外出現人客，佯裝路過，實在有『嘿還不抓到你』心態，無禮之至，說王小姐不在。」

女傭說：「她說她姓殷。」

「誰？」

陳珏在門前張望，「殷律師來了。」

「快請進來。」

瑞姐站門外斥責：「你明知我們是驚弓之鳥，為何鬼祟。」

「我不是一個人上門求見。」

「還有什麼人？」

「一位許太太。」

「這位夫人有完沒完，竟糾纏至今時今日，浪費生命，殷師，你請她走，這裏是住宅，決不會讓她把晦氣帶進屋。」

「她遠道而來。」

「是，你收了可觀費用，替客戶消災。」

初二緩緩走近，「我們不想見這個人，完全無話可說。」

「她就在門外車內。」

「門外亦屬私家地，請即離開，否則報警。」

殷律師無奈。

「把討厭人物送走之後，歡迎你來喝長島冰茶。」

瑞姐說：「我陪你出去。」

她們兩人走到行車道，那位太太立刻按下車窗，「怎麼樣？」

「王小姐前來求醫，實在不宜見客。」

她下車，「什麼要求都可以答應，只要她肯出手幫忙。」

「許太太，我實在不明白，她可以怎樣幫忙。」

「在庭上作證，許某並沒有冒犯她，其餘人等，不過是詐騙不遂。」

「作假證，是刑事罪。」

許太太忽然痛哭。

「許太太，這上下你應當速速與許氏分手，為何死纏爛打，你要知道，他即使躲得過今次，也不會改變他淫虐性格，你回頭是岸。」

「讓我見一見王小姐。」

「我不能代表王小姐。」

「她要什麼都可以，只要我做得到。」

苦苦哀求的人，面相最可憐可怕，什麼都不顧，沒臉沒皮。

瑞姐說：「許太太，你請回吧。」

「大家都是女人。」

這句話叫瑞姐一震。

殷律師知再求無用，扶許太太上車。

她轉頭說：「今晚我來吃飯。」

車子與不受歡迎的客人總算離去。

回到室內，「初一呢。」

「她午睡，不想說話。」

「那女子為何還苦苦要求王小姐救助？」

瑞姐答：「是要在丈夫面前邀功吧。」

「為求復合？這許太太三字真的那麼有價值？」

「各人想法不同。」

「被男人作賤的一些女子往往還要自我作賤。」

「她也許一時想不開。」

「這不是我們的煩惱。」

傍晚，殷師來了，看樣子也累得可以。

瑞姐親手做海龍皇湯待客，可是轉頭一看，殷師已在沙發熟睡。

她走近，替好友蓋張毯子。

殷獨身，她一早結婚。

瑞姐還有家累，才抓住工作不放，殷又為什麼，孑然一身吃不了那麼多，也穿不了那麼多，還如此勞碌幹什麼，這些年，幫無數三教九流自稱苦主人物爭取利益，像這個許太太，婚姻死亡多時，蛆蟲爬滿，她還想它起死回生，而殷尚要為她服務。

瑞總她自身呢，揹着一頭家，永無出頭之日。

兒子們畢業後找到工作也不能負擔昂貴房價，還得靠老媽扶一把，希望未來媳婦懂事，不要嫌公寓小嫌窄。

做人實無前途。

初二起來，雙手搭住她肩膀。

「瑞姐，想什麼如此出神。」

瑞姐握住她手，「沒事。」

她們盛了龍皇湯在露台坐着吃。

「嗯，好味道，瑞姐好手勢。」

陳珏的聲音在身後響起，「可以加入小組否。」

他也捧着大碗吃海鮮。

瑞姐取笑：「當心吃出小肚子。」

誰知導演忽然這樣說：「我想在北美長住，初一，我們結婚好不好。」

瑞姐一怔，幸虧初一若無其事，輕描淡寫答：「當然不好，我廿歲未到，似錦前途，起碼還要讀幾個 B.Sc.，怎會自投羅網，嫁一個整天與漂亮女主角廝混，收入與下班無定時小導演。」

瑞姐哈哈大笑，一邊拍枱子，「聽，聽，我這下子可放心了。」

初二接着說：「我是個殘疾人，不可能完全復元，導演，天下多的是芳草。」

殷師睡醒，「什麼事那麼好笑，隔壁街都聽見。」

「導演向王小姐求婚失敗。」

「咄，這小子每年起碼求婚一次。」

陳珏已經離座。

巴巴跟着她們，圖的就是這一絲希望。

「求婚怎可當着眾人。」

陳珏轉頭。

他不好意思承認從未求過婚。

「我可能接到新戲，這幾天商議合約。」

「祝你成功。」

他問初二：「可否帶着你？」

「我已決定息影。」

「你不珍惜良機。」

「甲之熊掌，乙之砒霜。」

「你的確不是王初一。」

「初一吃的苦，你不知道。」

「為什麼頂替初一身份？」

「因為她想做電影明星，這個誤會讓我有機會報答她，我不明白你們為什麼在知道真相之後，仍不拆穿，與我同謀。」

陳珏答：「到底還年輕，為什麼？因為你是搖錢樹，誰管你是初三初四初五。」

初二覺得悲涼，「不，瑞姐真心對我好。」

「瑞姐有那麼多顆真心？」

「你呢？」

「不要再問了。」

「你才向我求婚。」

「你方才拒絕我。」

初二氣結，「沒有真愛。」

「王小姐，你慢慢尋找吧，祝你好運。」

「你變臉變得太快。」

「不，我仍然願意明早與你註冊結婚。」

初二拂袖而去。

護照上名字是王初一，不是王初二。

那天晚上，殷律師問：「可願見許太太。」

瑞姐再次拒絕，「她身邊可能帶着尖刀，或是腐蝕性液體，叫她走吧，再逼我們知會警方。」

那天晚上，月色皎亮，初二站窗前，輕輕說：「——低頭思故鄉」，她竟不知故鄉何在，也從未去過那個地方，該處，肯定沒有她認識的人。

忽然，有一隻才指甲大白色小粉蝶飛近。

噫，這時節何來這種脆弱粉蝶。

剛凝視，另一隻小蝶又飛近。

初二微笑，初一，你找到伴侶了。

窗外有一排簕杜鵑，襯着白色翅膀，特別奪目。

初二說：我知道，我知道。

正覺心略寬，忽然飛來一隻烏鴉，要啄食粉蝶，初二退後，這烏鴉像海鷗，既兇惡也不怕人，幸好蝴蝶迅速飛離。

那烏鴉不甘心，翅膀大力啪啪搧動樹葉，初二看到一大群白蝶竄出飛揚逃命。

啊，原來不止一隻兩隻，樹叢裏竟藏着整窩，同她們這些急闖名利無知少女一樣，多得爛賤。

初二明白了。

日有所思，夜有所夢。

「你想念我。」

「初一，當初你沒有去流光試鏡就好。」

「現在說這話沒用。」

「我已決定回學校，學一門不必靠青春投機學問，還有，毋須成名也可以找到生活的技藝。」

「那我就放心。」

「初一，勢利精悍世人，並不介意我是初一抑或是初二，開頭，我還以為冒你身份是天大陰謀。」

初一只是笑，好像說幾個字，初二沒聽清楚。

她臉容漸漸淡卻。

「什麼，初一，你說什麼。」

「聶歌信……」

請再說一遍。

有人叫她：「王小姐，陳先生收拾行李要離去。」

初二躍起，披頭散髮，隔夜口氣，撲到門口，忽然止步。

讓他走吧。

反正沒有前程，不必畫蛇添足。

瑞姐披着睡袍進來，「什麼時候，天尚未亮透，為什麼一定要別出心裁月黑風高時離去。」

「早晨六點三刻。」

她出去阻止陳珏。

兩人在門口說一會。

初二忍不住站到門角看。

計程車已在門口等，陳珏把行李交司機，與瑞姐擁抱一下。

「後會有期。」

他毅然不回頭，登上車子，駛走。

這時，那億萬年從不顧人類喜怒哀樂的太陽如常殘忍升起，金光四射。

瑞姐一時睜不開眼，退後一步。

年輕助手追出，落下淚來。

瑞姐一聲不響回房梳洗。

然後，與初二一起吃白粥早餐。

初二問：「陳珏可得到新合約。」

「得到也不過以新人身份出現，西方導演甚多掣肘，不能自由放任發揮，這是他的荊棘。」

初二還記得陳珏無字天書劇本，不禁莞爾。

這時女傭聽電話：「聶歌信先生？這裏無此人。」

初二一怔。

聶歌信。

她輕輕抬頭，驟然想起一件事。

瑞姐抬頭看她。

初二輕輕說：「聶歌信山道，一切皆因聶歌信山道獨立房子所起。」

瑞姐不出聲。

「那幢住宅，此刻價值多少。」

瑞姐查一下，「三億八。」

「那個許太太，願意以屋為代價，換取我替許某作證？」

瑞姐自椅子跳起。

「你問一問殷師。」

殷律師趕來。

一進門便說：「她願意。」

瑞姐吁出一口氣。

「不過，王小姐，你需同時書面及現身互聯網直接指證那幾名女子誣告。」

初二輕輕說：「那所屋子，原本屬於初一，我不過取回她應得之物。」

殷師忽然倒戈，「王小姐，初一已不在人世，你不必為她着想。」

「我昨夜夢見她，她說——」

「那是你一廂情願，你受創傷情緒尚未恢復，也可能是一輩子傷痕，已發生的悲劇是一場意外，你為何還忿忿為初一復仇。」

「你們都當我是初一，初一還活着。」

「那真確是我們的錯，我等利慾薰心，沒有糾正錯誤，一直錯至今日。」

初二沉默。

「王小姐，你不可與魔鬼門生交易。」

瑞姐冷笑，「我以為你是她的爪牙。」

「王小姐，你已擁有足夠財產過渡下半生，請不要蹚這渾水，你會身敗名裂。」

「我無身可敗，無名可裂。」

「王小姐，世人怎麼看你不要緊，你怎麼看你自身才重要，那幢房子對許氏說是九牛一毛，你若再次被他收買，可對不起自身。」

初二抬起頭，雙目充滿仇恨。

「王小姐，我是見過世面，處變不驚的中年人，在社會打滾這些年，深諳事不關己，己不勞心原則，很少理會閒事，這次出言警告，實在不忍看着你重蹈陷阱，你不是一個懂花錢的人，小心保着積蓄，足可安然渡過下半生，你與流光已無拖欠，去，走出去。」

「她打我姐姐！」

「誰的臉沒給人摑過幾下，睚眥必報，你就同她一樣，瘋瘋癲癲，永不超生。」

說到這裏，殷師累極，「快給我吃的喝的。」

瑞姐連忙服侍她。

「我講完了，聽不聽得進是天命，這份工作我也做得厭透，我回去就辭工，錢賺不完，已經穿香奈兒拿愛馬仕，再進一步名貴穿戴也不會使我更年輕更開心或找到真愛，到休息時間了。」

說罷血淋淋肺腑之言，她憤然站起，開門，離去。

瑞姐百種感覺，大抵以後，她很難再見到殷律師。

初二握着拳頭。

瑞姐沉默。

過幾天，初二由助手陪伴，到醫院複診。

醫生相當滿意，「相貌已恢復得七七八八，你原先那天真無邪的笑容，卻不能再造，抱歉。」

初二回答：「什麼年紀做什麼事，再嘻嘻笑穿泡泡裙沒有意思。」

「王小姐，你可以回家了。」

「謝謝醫生。」

「祝你前途似錦。」

「我會盡量不負醫生所託。」

助手在候診室看互聯網，見王小姐，連忙收起。

「什麼新聞？」

助手不得不答：「許氏案多一個當年只得十五歲的提訴人，這次真的麻煩，律師團已有二人請辭，網頁有若干人請王初一出來說話，他們願意接受王小姐證詞。」

「地球上什麼地方人最少？」

「沒有互聯網之處，新畿內亞幾個離島土著見到飛機飛過，還向之丟長矛，或許，該處才是樂土。」

王小姐忍不住笑，對助手說：「你回去之後，一定有人高價請你寫這次陪伴我詳情，請高抬貴手。」

「我不會透露一言半語，瑞姐與我簽下合約，我有一筆守密獎金。」

原來如此。

網友吵起架來，無話不說，彼此沒臉沒皮，反正無人審理，言論自由發揮到無窮地步，宛如法國大革命後期，變成恐怖時期，咔嚓咔嚓，為求人頭落地。

初二看了一些，覺得淒涼，為求出一口事不關己的悶氣，自尊，人格，全丟到一邊，用個假名為所欲為。

自尊呢。

有人想幫王初一：她是無辜的，她是惡魔漏網之魚，她只拍攝過一部電影……

不服氣的人反擊：一炮而紅，能不付出代價嗎，骯髒之處，叫你作嘔。

初二很有滋味地看下去。

瑞姐走近，啪一聲關掉網頁。

初二抬起頭。

「記者們知道你已回轉，日夜守在公司與住宅大門。」

初二說別的：「最奇是影片居然上映一年有多。」

「快了，已改為一間戲院。」

「聽人說，許氏保釋在家，每晚看那套戲看到天亮。」

秘書進來說：「許太太的律師求見。」

「不是殷師吧。」

「是一位陸小姐。」

初二請瑞姐代言。

「叫我說什麼？請明示。」

「我不會露面，我不懂花錢，我已夠用。」

瑞姐一聽，吁出大氣，雙腿發軟，坐倒。

「是，是。」

她定一定神，快步走出應付。

初二終於作出決定，肩上千斤重石也告卸卻。

經過醫生同意，她與父母結伴坐船遊天下。

全程約六個月時間，當然隨時可以登陸，王氏夫婦樂不思蜀，每站都上岸遊逛，大開眼界，嘖嘖稱奇。

郵船自英國樸茨茅斯駛出，遊遍英倫三島，駛往北歐，王氏夫婦已經結識一班不同國籍朋友，「啊，天下之大」，王老先生感慨。

王太太有心思，每到一埠，必定選購一個民族服裝洋娃娃，「來日給你女兒把玩」，初二只得苦笑。

到達法國，他們上岸在巴黎過夜。

初二心血來潮，到愛馬仕總店，選購兩打中碼皮手套。

她是一個記仇的人，始終不能忘記「手套由父母自瑞士帶回」這句話。

旁邊有太太用普通話問：「這手套有什麼特別。」

初二客套回答：「我也不知道，送人，還算得體。」

那太太只當她不肯講，吩咐下去：「我也要兩打。」

初二這才明白，店家怎麼會缺貨。

她在羅浮宮門外站一刻，作為朝聖，然後接父母回船。

王太太喜悅：「下一站到馬賽，你不是最愛吃海龍皇湯嗎，那裏最地道。」

該天晚上，初二告訴父母：「我下一站乘飛機回家。」

王先生沉默，隔一會說：「我也知道你不會陪我們全程，這十多天我們已經滿意。」

「不妨，我讓助手安妮陪伴你們，你們已成識途老馬，這是信用卡，千萬不要省。」

「你這次回去，可是辦要緊事？」

「放心，我不是回去結婚。」

助手上船，「王小姐，令尊令堂老當益壯，其實不需要我照顧，感激王小姐給我看世界機會。」

「不用客氣了，注意他們飲食，早晚添衣。」

「王小姐，你可是回去辦婚禮。」

初二詫異，「你們覺得我還嫁得出去。」

「王小姐，你還那麼年輕，傷已治癒，經濟獨立，待人寬厚慷慨，男人又沒瞎眼。」

初二哈哈大笑。

助手看互聯網習慣不改。

初二問：「那案件怎麼樣？」

「近身肉搏。」

初二吁出一口氣。

「王小姐，為什麼也算受過教育的人在網上會寫出『我恨妳，我會把你頭顱切下，然後剁你身體成一百塊餵野狗』這種歹毒兇狠的話。」

初二答：「我看過科學心理報道，第一，很少人懂得慎獨，沒有旁人看見之際，會做出可怕行為；二，追根究柢，人類進化沒多久，萬多年前，不過是穴居尼安陀人，茹毛飲血，帶着粗糙武器，人畜不論，一路殺將出去，劣根性與獸性一旦觸發，不可收拾。最近頻頻發生的校園槍擊案，是人應該做的嗎，幼稚園兒童犯何過錯，被自動步槍射成血醬。」

助手發獃。

「別理那麼多，你趁還沒有家累之前漫遊世界。」

「王小姐，不要走。」

「我每早起來，並無樂趣，看世界並不雀躍，像經過兩次大戰歷盡滄桑百歲老人。」

「把陳導找來陪你。」

「嘿，他豈是我的人，他錦繡前途。」

這時，甲板廣播：「專人教授土風舞：夏威夷舞尚餘些許空額——」

初二說：「快去，衣飾都留給你，結識年輕淘伴。」

助手與她擁抱。

初二回家。

保母與廚子看到她欣喜。

初二暫且不知會瑞姐。

她見過醫生，才收拾出書房，計劃她的餘生。

她細閱網絡及報章上許氏新聞。

峰迴路轉，似齣連續奇情長劇。

原來那報稱當年十五歲的被侵犯者今年已經三十五，訴訟令人起疑。

尚餘二人，忽然撤銷控訴，想必已經得到她們所要的東西。

許氏的律師團隊功不可沒。

才數日，一早清晨，門鈴與擂門之聲大作，尚未開門，管理處已在門口說：「王小姐，該位女士硬闖。」

女傭連忙說：「是瑞小姐。」

「快請進。」

保安這才退下。

瑞姐氣忿，一進門便摔東西。

初二向她行大禮，「對不起，小人怠慢，小人惶恐。」

瑞姐又推倒一隻花瓶。

「回來也不吭一聲，即使想秘密結婚，也不該冷落我瑞姐。」

「誰結婚，我同你結婚？」

女傭連忙斟出威士忌加冰。

「長大，會飛，想個法子摔甩長輩，自把自為，反面無情。」

「恕罪恕罪。」

「又剛好傳出陳珏婚訊，以為新娘是你。」

初二怔住。

過片刻才微微笑，「他終於要結婚。」

「男人即是男人，急着傳宗接代，繁殖後裔，立刻找到替身。」
「那想必是才貌雙全，大智若愚的女子。」
「是，年紀輕輕，已是大學中醫學院副院長。」
初二緩緩說：「是該如此。」
「別去理他，你會遇到更理想真正可以給你一個家的人。」
「我並無故意尋覓，得不到也是應該的。」
這時瑞姐收到一通電話。
她聽兩句放下，「噫！」她說。
初二看着她。
一定有特別消息。
瑞姐吐出一口氣，坐到椅子上。
她五官歪曲，嘴角扯動，初二聽專家說，中風就是這個樣子，可怕。
「瑞姐，瑞姐，可要叫醫生。」

她剎那間恢復靈活，「許氏無罪當庭釋放。」

啊。

「司法程序有若干錯誤，全部證據不成立丟出，法官認為毋須重審，並且希冀同樣案件中受害人及早報案，勿拖延到十年或以上。」

初二亦無言。

瑞姐電話不住響動。

她說：「我得回公司善後，你不必說一個字，初二，我很高興你作出明智決定，關緊門，勿出外。」

她一陣風離去。

女傭說：「我得買菜。」

「吃白粥即可，去做別的事。」

電視上有突發新聞。

萎靡憔悴的許氏由律師保鏢助手擁護着步出法庭。

他總算學會什麼叫沉默是金，低頭登上車子。

律師代表說：「許先生不想再提這件事。」

另一方律師則大聲說：「我方鄭重考慮上訴！」

真像大馬戲團。

記者圍牢許氏車子阻止開動。

忽然有人高聲問：「許先生，你免卻牢獄之災，可是因為王初一不願做任何一方證人。」

一言提醒群眾，「去找王初一！」

眾人又像一群黃蜂似散開，不，更似沒頭蒼蠅。

初二默坐家中。

殷師電話找：「初二，不要害怕，我已知會警方。」

初二輕輕答：「明白。」

聰慧的殷師終於承認她是王初二。

記者雲集，造成鄰居出入不便，初二歉甚。

瑞姐說：「不怕，已代你選購糕餅鮮果送上。」

初二靜坐家中吃粥。

三天，頂多三天，記者又會忙別的去。

啊，不用三天。

翌晨，便有更大新聞。

年輕二線歌星墜樓身亡。

門外只剩三兩個記者在王家守望。

終於忍不住，中午去吃飯，一去不返。

文明好心鄰居寫謝卡送到信箱，不多話，只說：「蛋糕好吃」，「各種芝士美味」，「香檳沒話說」，「振作，一切都會過去，一年後誰也不記得」……

初二都收起。

女傭問：「可以出外買菜了嗎？」

「買牛骨煮紅蘿蔔。」

她輕輕離去。

初二坐在露台，一陣柔風吹近，好不舒暢，她低聲問：是你嗎，初一，我很好，謝謝你。

一直到盹着。

女傭回轉，相當遺憾地說：「樓下不知多清靜，管理員說多謝王小姐的蛋糕。」

剛巧有電話，「是陳導演。」

初二搖搖手。

「陳先生，有話由我轉述也一樣，什麼，啊，如果王小姐有興趣拍新戲，請與你聯絡？好，好，她沒事，想吃牛骨湯，」這時女傭忽然多事，主動問：「陳先生的喜帖幾時到？不打算請客，是，是。」

初二覺得好笑。

又開始熱鬧。

一切從簡，不打算請客，這倒是好，可見女家落落大方。

瑞姐來訪，「一切平靜下來，雙方律師經過商討，決定不再上訴，許氏亦不願追擊，贈送禮金，整件事不了了之，不過，以後許氏顏面不存，有些尷尬。」

「會嗎。」

「他與許太太，表面上和好如初，二人同住一屋。」

初二點頭，神奇萬能膠水又把他們黏到一塊。

「你呢，初二，我們擔心的只剩你。」

「我沒事，準備入學。」

「你不能用王初二名義入學。」

「我打算從頭開始，用王念初名字。」

「我替你辦，從王初一轉王念初，可是這樣。」

初二握住瑞姐手，「自來無此人，何處染塵埃。」

「那我只好考新人，開新戲了。」

「瑞姐，祝你更加成功。」

「殷師退休，我們同她慶祝，你要來嗎。」

「一定會到。」

在一間酒吧包場，食物由名廚主理，分中西兩類，包酒水，香檳一箱箱抬出。

殷師麾下伙計與流光製作同她相熟的同事各十來名，大家都猜想她退而不休，誰知她宣佈已在威爾斯南部買下小小農莊，「牧羊，」她說：「約三十餘隻馬蘭諾羊，連三家牧民」，當然，他們子女們已到城市工作，剩下留守上一代同她差不多年紀，願意為華裔新莊主服務，替她物色新牧羊犬，老的都跟舊主退休享福去了。

殷律師嘻嘻笑，「不是那麼容易，雖説牧羊犬天性喜歡把小動物圈起，沒有羊，便把孩子們趕到一個角落，但最近挑的小狗均不聽話，亂跑，自顧自玩，嘿，已請專家訓練。」

大家對殷師的樂觀有點悲觀。

不過不要緊，捱不下去可以回轉。

「該處通訊設備可完善？」

殷師笑，「半世紀前我在英讀書，當地人問我：『你們家鄉，可有電視』，現在，輪到我們問他們可有文明設施，哈哈哈！」

「來，喝一杯，東風壓倒西風。」

殷師大笑，「當年我在宿舍中掛的，正是這六個字。」

陳珏到。

大家起哄：「另一半呢，另一半在何處？」

初二也好奇。

這一晚，陳珏的白襯衫牛仔褲特別美觀，他身邊卻不見女伴。

陳珏笑答：「她可不是我另一半，我們各歸各生活，有不同性質工作、朋友圈、興趣與習慣。我們之間不存在磨合，彼此尊重就是。」

眾人鼓掌，像聽到天下最好笑的事一樣。

「其志可嘉，其情可憫，哈哈哈！」

陳珏走近，「初二，好嗎。」

初二閒閒問：「你從何處趕回？」

「我在奧斯陸寫劇本。」

「我見過坐蘋果箱前做功課，一邊看守報攤的好孩子，你要是寫得出，在何處都寫得精彩。」

「初二，這一點你不及初一可愛，初一從不搶白我。」

「一定要提初一叫我炙痛。」

「聽殷師與瑞姐說已替你在各種文件上更新名字。」

「沒想到一個人需擁有這許多文件才可以存活。」

「沒有真正自由可是。」

「怪不得殷師要去牧羊。」

殷師正在說：「……有一隻特別瘦小羊咩幾乎養不活，牧人索性帶回家中人手餵奶，又織一件毛衣給瘦弱的牠穿上，哈哈哈，羊毛出在羊身上。」出示電話上影像，大家笑得翻倒。

笑聲盈室，今夜大家都高興。

陳珏也出示伴侶照片。

初二看得極仔細。

不是十分貌美，但有股清逸氣質。

初二想，大概要多讀十年書才敢見她。

與陳珏含蓄的傲慢相當匹配。

她低頭不語，人家已邁進一步，組織家庭，她還在傷春悲秋。

「你健康如何。」

「有些傷疤，餘生都不會痊癒。」

「你已決定放棄拍戲。」

「我不是初一。」

「初一走不到你那步。」

「導演真會說話。」

瑞姐走近，「殷師說她有點累。」

陳珏說：「我送她。」

瑞姐說：「明日流光選新星，先拍定型照，導演，你可有空。」

「我回北歐。」

「未婚妻在何處。」

「在加拿大托芬奴。」

「我以為加國除卻溫哥華，沒有其他地方。」

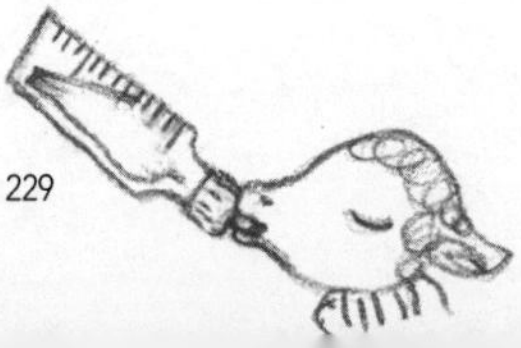

「即使在溫埠，也可以兩個人住半畝地。」
「那還結什麼婚！」
兩間公司的同事們打成一片，他們先走，也無人發覺。
酒保說：「已經有人付賬。」
「什麼人。」
「一位許先生。」
初二點頭。
大家走到門口擁抱吻別。
分幾部車子離開。
初二說：「我想吹吹風。」
司機說：「王小姐，我在這裏等你。」
初二說：「聽講放了獎金。」
「託王小姐的福，有四個月之多呢，發生那麼多事，滿以為要吃西北風，誰知因禍得福，世事難料。」

這時有人站到她不遠之處。

初二知道那是誰。

她伸手叫司機，司機下車替她開車門。

身後的人走近一步。

老司機顯然也認得他，站住不動。

初二沒回頭。

「……」他好像說些什麼。

初二猜想是「發生許多事，還好嗎，你精神不錯。」

初二走向車廂。

「……」他還在說。

大抵是「我以為你們也喜歡玩，對不起。」

初二已上車。

司機關門，把車駛走。

把他一個撂在路上。

忽然下雨，初二想起那時年少，與初一在下雨天爭相奔走往簷篷避雨情況，幾乎是一百年前的事了。

女傭出來接她。

「王小姐，你也別太累，他們也是，還是要你出席這個那個。」

第二早，往學堂註冊。

這學堂，是許多人的避難所。

校務主任親自見她，「王同學，歡迎回到學堂，志向可嘉，令妹在此讀過一年，成績甚佳，希望你也一樣。」

她說話帶章回體，有趣，初二微笑。

「讀書這事其實十分簡單：專心致志，心無旁騖，上課聽書，把功課交出，考試一定及格。」

初二答：「明白。」

校務主任感慨，「我記得王初二，她真是好學生，又樂於助人，看來，你也一樣。」

初二低頭。

走出校門，司機來接。

「瑞小姐叫我載你到公司看試鏡。」

「我說過不去。」

「瑞小姐要借你法眼呢。」

初二好笑，雙目幾時變成法眼。

一上車就聞到食物香味。

她看到有燒餅油條，嘩，立刻取出咬一口。

「王小姐是該多吃些。」

大家都關心她。

到達公司瑞姐已在門口等她。

「噫，吃那麼油膩對皮膚不好。」

初二隨瑞姐走進試鏡間。

只見攝影師與各種器械已準備妥當。

瑞姐吩咐下去：「凡是遲到五分鐘以上者請她打道回府。」

無論何種工作，守時最重要。

瑞姐領初二坐藤織屏風後邊。

這叫垂簾聽政。

瑞姐邊吃早餐邊問：「人到齊否？」

「還差兩名。」

「不等啦，叫她們一起進來。」

門一打開，六七名少女一齊走進。

瑞姐金睛火眼地觀察。

攝影師已啟動機器。

初二不出聲，一邊喝咖啡一邊打量那幾個少女。

她有涵養，不發一言。

瑞姐已嘆口氣，「差遠了。」

只見她們爭先恐後搶到攝影機前，把後邊的人撞開，露出僵硬皮笑肉不笑笑容，搔首弄姿，聳起肩膀，回眸張望，都穿着露肩露腰小背心，都貼假睫毛，有一個還蹲下貓爬似邁向攝影師。

初二又聽到一聲嘆息。

他也來了。

當然，這仍然是他的公司。

初二沒回頭。

攝影師高聲說：「一個一個排隊，先拍硬照。」

瑞姐已清晰看真其中並無第二個王初一。

「化妝太濃，請抹掉再拍一次。」

王初一臉上有一種亮光，她們沒有。

咕噥着抹掉化妝，看得出有人已是老少女。

攝影師遞出對白字條，「背熟這一句，加上你自己的演繹。」

那句對白是：「今天下雨，還去散步否。」

試鏡女生連忙溜眼珠、嘟嘴唇，吊起聲線。

瑞姐呆半晌，才說：「叫她們回去吧，容後通知。」

「報告，外邊有兩個遲到的哭嚷着要進來。」

「統統走！」

少女們都離去。

攝影師問：「可要看照片。」

瑞姐搖頭，「不必勉強。」

她身後的老闆，也不出聲。

初二看看時間，兩個小時過去。

「再到處找找，注意學校門口。」

工作人員苦笑退下。

瑞姐問初二，「一個也不中？」

她沒回答，身後助手出聲：「都想做明星，不像演員。」

初二微笑，「各行各業都如此，聽前輩編輯說，他們那裏，人人想做作家，沒人願意寫作。」

走到門口，那班想做明星的少女還沒散開。

有人說：「聽說要找第二個王初一。」

另一個不忿，語不驚人死不休，「王初一已經過時！」

各人瞪着她。

「你以前不是處處模仿她，視她為指標？怎麼忽然出賣她？」

「嘿，時代日日進步，她已息影。」

「嘩哈，今天，可是要看你的了？請問你尊姓大名？哈哈哈。」

「你手袋上還貼着王初一的招貼呢。」

瑞姐拉着初二上車。

她輕輕說：「十劃還沒有一撇，便飛揚跋扈，目中無人，自掘墳墓。」

「是你叫他來的吧。」

瑞姐一怔，沒回答。

「你嫌他還害得我們不夠。」

「他只想看你一眼，答應不說話，他每天晚上都一邊喝酒一邊看那套電影。」

初二輕輕說：「他要看的那個女孩子，很久之前，死於非命，早已不在人間。」

瑞姐淚流滿面，「對不起，對不起，我以後都不會那麼做。」

該與流光製作完全脫離關係了。

助手安妮每天與她通訊息：終於看到獅身人面像！王太太鼓勵我與一華裔青年攀談，他是馬來西亞回教徒，對一向自由慣的都市女子如我略有禁忌，在阿歷山大港巴薩替你選一條瑪瑙珠串。王先生在倫敦將會找醫生複診，他精力甚佳，附上照片為證，對龍蝦湯與焦糖蛋糕愛不釋口。傍晚與王太太在長達一哩的甲板散步看瑰麗日落……

同別人家的父母或女兒相處好似都比較容易。

船上有許多娛樂，一次乘客扮成一千零一夜阿拉伯衣飾坐假飛毯上佯裝回到舊時巴格達。王氏夫婦笑得瞇眼，沒想到那樣成功享受。

樂不思蜀已快半年。

初二到訪娘家。

女傭雖然樂得空閒，也問先生太太幾時回來，室內打掃得一塵不染。

屋裏已沒有兩姐妹舊物，想必是怕睹物思人。

拉開櫃門，看到兩套淡藍色中學舊校服裙，領口都磨白了，初二輕輕套上，沒想到還嫌大，原來數年前她是小肥人。
她站到露台，天忽然陰暗下雨。
她看着街景，忽然輕唸台詞：「下雨了，還要去散步嗎。」
傭人留小姐吃飯，她吃着蛋包飯，又問：「下雨了，還要去散步嗎。」
傭人再給她一碗星洲排骨湯，做得不太像，但仍然美味。
「王小姐天天回來吃飯可好，近學校呢。」
初二猛然想起，「可以帶同學來吃中飯嗎？」
「王小姐，這是你的家呀。」
初二會在早晨與女傭通電話看做什麼菜。
漸漸每天一小桌同學聚餐。
吃完在門口竹籃裏留下他們認為應當及可負擔費用，全歸女傭。
女傭越做越起勁，一菜一湯盡量變花樣，吃不完讓他們打包回去。
一日，有年輕婦女抱着幼兒前來，「我也是校友，可以搭餐嗎？」

她與同學們談起功課，記憶猶新。

那一歲左右幼兒很乖，逐間房參觀完畢，坐在一個角落吃巧克力脆皮冰條。

初二也坐小櫈上看他。

啊胖胖兩腮，小眼睛小鼻子不知多可愛，垂着眼，緊緊抓着冰條柄專心美食，已糊了一嘴，津津有味，全神貫注，在他生命這一刻，再也沒有其他比雪條更重要。

他不知道，這是他人生中最美時光。

初二淚盈於睫。

以後，再給他什麼，也沒有那般可貴。

像瑞姐說過：「我最遺憾，是少年時沒有能力往劍橋升學，時機已過，不能回頭，此刻雖有餘錢，儘管是自己辛苦所賺，也不能再供自己留學。」

初二一直凝視到孩子媽把他抱起回家。

傭人說：「王小姐開始喜歡孩子。」

「不，不，我不耐煩他們。」

「王先生太太幾時回轉？」

「快了。」

如果真正喜歡，他們可以在南半球也打個轉，看復活節島那些呆大石像。

一年級功課大半已經做過，當初也不見得艱難，初二天生有讀書本事。

一日，小組上課，忽然下雨。

有女同學說：「嘩哈，下雨了，還去不去散步好呢。」懊惱之極，想必是約了男朋友。

這也是演繹那句簡單對白方法之一。

有人交一把大傘給她，「去，當然去。」

大家都笑。

柔情蜜意，豈可讓一陣雨擋住。

那男同學在課室門口等她。

他倆一走到校園，淘氣的同學們立刻跟他們身後，也打傘，維持一段距離，嘻嘻笑。

他們也拉着初二一起。

初二縱無他們搗蛋心情，也感慨萬千想：年輕真好，這樣都可以算是一種樂趣，年邁時回憶，照亮青春。

有一個同學鬼聲鬼氣說：「下雨了，還去不去散步呢。」

大家笑得彎腰。

這時，忽然打一個響雷，同學們丟下傘驚叫竄逃，丟下初二一人淋雨。

小情侶早閃避到樓梯底消失。

初二好笑，「下雨了，還去不去散步？」

身後有人說：「這雨一時不會停。」

撐起傘，遮住她肩膀。

初二轉頭看。

年輕人高大強壯，長髮長鬚，像畫像裏耶穌，一雙圓眼睛炯炯有神，牙齒雪白整齊。

他看清楚初二，這樣說：「我知道你是誰，你是英文系一年級的王念初，你不但過目不忘，且有預測試題能力，你是同學們的甜心，義助他們做作業，同時做三篇報告不覺吃力。」

這是個奇人！那樣耿爽，心直口快，居然活到廿歲出頭，可見大學是烏托邦，他想到什麼說什麼，比起流光製作那班老小狐狸彎彎曲曲肚腸，話只說一半，另一半，不是真的假話，就是假的真話，確有天淵之別。

王初二不禁笑出聲。

他有點尷尬，「對不起，我聽說你有許久，恕我冒昧，我叫周行雲，我讀物理。」

初二欣賞那把遮住半邊臉的大鬍鬚。

這人的臉上怎麼長着那麼多毛髮，怎麼洗臉？可要梳理？她想知道。

「啊，這鬍鬚，球隊迷信留鬚必勝，所以整個球季不剃，哈，家母生氣得不得了。」

他說話有些意識流，時間空間跳躍，十分有趣。

終於靜下。

倆人仍然站雨中。

初二咳嗽一聲，「我還有課。」

「啊，是，當然，冒昧問一聲，你的傷都痊癒了吧。」

她的事，同學們都知道。

天真的他們也不介懷。

初二把袖子捋起，讓他看疤痕。

那樣大個子也一怔。

「聽說火傷最痛。」

初二溫和地說：「我不打算討論此事。」

「是，是，下課見。」

好不神奇，如此順口自然就約定她。

這是時下年輕人約會方式吧。

他已舉步離開。

一轉身，發覺此人長髮梳成馬尾巴，用橡筋紮住。這種裝束，沒想到讀物理的學生也作興。

有人拍她肩膀，「你遇到周行雲了，每間學校，總有那麼一兩個出眾學生，不但功課好，相貌也出眾，性格更可愛，名望連鄰校都知曉，希望你們離開校園踏進社會同樣出色。」

初二微笑，「我不在內。」

「同學們都在等你，這篇功課太可怕：但丁的神曲——」

王初二順口吐出：「——是科幻小說。」

同學大笑，「就從該處出發，比亞翠斯——」

「是他的洛神。」

胸有成竹推開講室門。

真難以估計，讀到畢業，寫出論文，於社會有何實際裨益，可是到底，談過但丁的學生氣質會文雅一些，世上可多幾個斯文人。

下課，周行雲換過衣褲，站在哥林多式石柱下等王初二。

同學們說：「走開，王小姐要與我們談報告大綱。」

夾着初二就走。

初二揚聲：「我約好周同學到公寓修理水喉滴水。」

「咄，我也會修，我來。」

同學們打一個眼色，「那麼幾時寫綱目？」

「自翡冷翠寫起。」

「對，對，怎麼沒想到。」

「做研究，看彼時文人流行吸服何種麻醉劑。」

「你暗示但丁——當然，柯魯歷治吸過鴉片才寫出《忽必烈汗》。」

「但丁不是英人，我們——」

「讀的是英譯本！」

周行雲與王初二已經走開。

抵達公寓，周先問管理處借工具。

開門進屋，連初二都一怔。

女傭不知如何拉攏窗簾才離去，客廳黑暗，她開燈，燈光一閃一閃。

廚房漏水聲滴、滴、滴。

本來什麼毛病都沒有，不過是初二留他一個藉口，這是怎麼一回事。

周行雲動手把全部燈泡換過。

開亮燈，才發覺傭人用小毯子窩着砂鍋豬排骨保暖。

兩人分吃，忽然有力。

他再修好水龍頭。

家長應一早把男孩子送到特殊班學會修理家居電器雜物，以便將來做個男子漢，為女生服務。

「真多謝你。」

「不客氣。」

王初二看着他的面孔，忽然有伸手搓揉他兩腮衝動，終於按捺下來。

「廚房天花板角有一窩剛出生小蜘蛛，可要噴一下藥水。」

「呵不。」

進廚房一看，果然，隱蔽角落，拳頭大一窩，已經孵出，半透明一顆顆，聚集一團，蠕蠕郁動，有點可怕，叫人汗毛豎起。

「移到室外可以嗎？」

「讓我試試。」

初一，是你嗎。

不，不會。

小周用一張卡紙，輕輕剷起小蜘蛛，牠們受驚，想竄逃，但乏力。

小周把牠們整窩連紙張輕放到窗台外。

初一，是你找我。

小周把牠們藏到照不到天日之處。

他說：「過三天就成長走出，各自覓食。」

初二聽到耳畔有聲音說：他不過是一個孩子。

初二輕輕答：我也是孩子。

不，你不是。

為什麼不是，何故別人都是孩子，你我偏偏不是。

各人命運不同。

初二落淚。

小周吃驚，「你怎麼哭了，沒事沒事，牠們會得存活。」

「去洗把臉，我們出外走走。」

這時，已有同學拎着食物上門，「我們要做功課啦，周行雲，你回量子教室吧。」

小周氣結，「我去舉報你們抄襲功課。」

「這種話你都說得出口，周行雲，過去大家太看重你，原來你是小人，算你掩飾得好。」

一湧而上，把周行雲壓在地上，打他。

初二連忙上前拉開，忙亂中鼻樑中一拳，流血。

一班年輕人看到血，呆住。

周行雲大聲吼：「還不走！」

他們奪門而逃。

初二連忙掩住鼻子，「你也走吧。」

「對不起。」

「沒關係，大學生就如此過日子，三十年後，有誰成為社會棟樑，接受記者訪問，說及陳年趣事，都是好材料。」

「我陪你去看校醫。」

「不用，你請回吧。」

他頹然離去。

那班揍他的同學在門口不忿拉住他還在爭論。

是，他們都還是孩子。

管理員走近投訴，他們總算散開。

初二坐好，定定神，喝杯冰茶。

女傭回來，「咦，」一大堆油膩膩美味垃圾食物，還熱呢，不適合你吃。」

又：「廚房水龍頭已修妥，太好了。」

初二微笑，她已寫出三個功課題目。

「王小姐，可否請你同學不要製造太多噪音，有些鄰居嫌吵。」

「好像有人搬家。」

「記得那家有寶寶的太太嗎，他們移民往加拿大。」

啊，回轉之際，寶寶或已成少年。

「那位太太留下彼邦地址給你呢。」

初二連忙放下功課在抽屜裏找出二枚金幣，走到隔壁話別。

漸漸她接近生活。

深夜，初二又聽到水喉滴水，走進廚房一看，卻並無其事。

她睡不着，繼續寫功課。

把已完成頁數傳給同學。

學生哪分日夜，立刻回訊感謝。

她不知瑞姐已經萬分火急出門趕到派出所。

殷律師到威爾斯牧羊，瑞姐已落單，接到噩耗，立刻叫苦。

連忙在車裏用電話找殷師。

殷師一聽到聲音，笑道：「終於想起我？我很好，與羊隻也混熟，牠們各有名字，一隻叫湯默士的最氣人，牠的肺感染，看完醫生，竟不願回家，跟着那英俊的獸醫車咩咩叫，要我擰着牠耳朵拉住：『湯默士，回家！』」

「殷師，你好好聽着，這裏發生大事，我要你立刻歸隊。」

她也一口氣把嚴重事故説出。

然後，兩個精幹的女子靜默。

隔很久，瑞姐才説：「請你即刻回轉。」

殷師仍不出聲。

「喂，喂。」

「不，用不着我，他們自有律師處理。」

「殷師，這是要緊關頭——」

殷師阻止她說下去，「不關你我的事。」

「你心腸硬如鐵，血冷如冰。」

「不見得，看到中東戰亂兒童，我還是悲傷、氣憤、無奈，瑞姐，到今日，你難道還不明白，有些人就是喜歡鬧事。」

「他是我多年東主。」

「你可以轉工，或可以繼續主持流光製作，他們不需要你插手，你也不見得救得到他們。」

「那麼，王初二，叫她過來。」

「你若再騷擾那個孩子，天地不容。」

「那怎麼辦？」

「不關你事，順其自然，社會自有公論。」

瑞姐頓足。

殷師這樣說：「我又添養四隻母雞，天天下蛋，好不新鮮。」
瑞姐知道她已得道。
「你說，再養兩隻豬可好？」
瑞姐鎮定下來，「好，很好，謝謝你。」
「謝我幹什麼。」
「當頭棒喝。」
「瑞姐，別替他們難過，他們二人，恐怕要糾纏到地獄。」
「初二遲早會知道。」
「那當然，由她看報紙好了。」
殷律師輕輕關掉電話。
農場員工在遠處喊她：「殷律師，有人帶兩隻小豬過來讓你看。」
這邊報紙送上門。
女傭連早餐一起放在桌上。

有人按鈴，女傭說：「小周先生來了，他騎摩托車，王小姐，今日天雨路滑，你不要乘那種車。」

「管教甚嚴。」

「王小姐真會說笑。」

小周進屋，見到早點是粢飯，便取過吃。

初二目光落在他鬍鬚上，「好像修過了。」

「球季結束，隊員打算逐漸剃去。」

「為什麼不乾脆剃淨。」

「不捨得呀。」

初二這次實在忍不住，把握機會伸手大力搓揉。

「噯噯噯。」他說。

兩人乘機車往學校。

女傭收拾桌子，把報紙丟到回收箱。

這份報紙，像所有報紙一樣，只擺放了一朝。

還不是頭條新聞呢。

首頁是一則廣告：最佳家居網絡訊號覆蓋，立刻節省 $240。

這次，大部份記者都知道不關王小姐事，只有一個年輕女子，大概剛入行，無人提點，在校門口等王小姐。

學生調侃她：「找王同學何事？」

「嗯，有一則新聞，上頭派我打聽一下。」

「什麼新聞？」

那女孩出示報紙，啊，要到這個時候，王小姐的同學才看到那段新聞，在港聞版，字樣不是很大：「豪宅血案：女子刀捅男子重傷，二人證實屬夫妻關係，離婚官司多年未曾解決」。

同學忠告記者：「這與王小姐一點關係也無，咦，你還扣着本校徽章，是我們師姐呢，你應知功課要緊，別打擾王小姐好嗎？」

女記者期艾，「這……」

「回去吧，如果不好交代，那就轉工可也，一定可以找到更好工種。」

其實初二就站在同學身後，但記者已不認得她，可見上一樁新聞無論多轟動，也只是昨日黃花。

真叫人吃驚，都會居民的記憶，像金魚一樣，只維持數秒鐘，迅速丟在腦後。初二安慰：噫，這不是說，她真的可以重頭開始做人？

可是，事情沒有如此簡單，世人縱然不再記得，但是王初二的恥辱、忿恨、無奈，王初二她自己全記得一清二楚，刻骨銘心，永誌不忘。

她到圖書館找報紙，逐個字細讀，小報較大報說得更詳盡，像奇情小說一般：當夜，據女傭說，夫妻倆靜靜在家晚餐——

許氏放下筷子，「沒有一隻菜可以下飯，朋友送我的那瓶黃泥螺還在否，快取出來。」

許妻說：「家裏沒有一樣東西你看得上眼。」

「你一定要吵架。」

「我說的正是事實。」

「你如果肯離婚，天下太平。」

「那宗官司，我為你做了多少事，花了多少力氣，律師隊都知道。」

「一切事都由你挑起，結果那班女人兩邊收錢，笑爆嘴。」

「一切都是我的錯？」

「你以為賴在許家我會改變主意——」

說時遲那時快，女子取起尖刃，一刀刺向男子肚皮，還用力朝上扳着剖，傷及大動脈，鮮血像噴泉。

是女傭報的警：「他們沒有一天不吵，但這次不知為什麼，太可怕了，啊。」

不知為什麼。

救護人員要掬起男子內臟塞回腹腔搶救。

女子呆立一旁，由警方帶走。

就是那麼多。

翻閱第二日報紙，以為還有續集，但是再也沒有這對男女新聞。

他還存活嗎。

她又被控何種罪名。

回到教室，講師有脾氣。

他這樣婉轉地說：「這班上明明有十二名學生，只有王小姐與其他三名同學交出功課，而這三位同學文筆彷彿出自一人。所有講師都不會介意學生一起研磋功課，但把同學的報告一字不易抄寫一遍交出，未免欺我太甚。即便如此，教學之人有容乃大，我將功課發回你們重做，還有，所有功課死期在下星期一，每欠一日，扣一分，謝謝各位。」

全班不敢出聲。

講師已拂袖而去。

嗚咽聲四起，「怎麼辦？」

初二說：「Mea culpa，我的錯，我不該一統語氣句法，叫老狐狸看出破綻，你們也真是，連標點都不改。」

「怎麼辦？」

「回家讀通筆記，從頭再做。」

「網上也許有服務，趕緊去查。」

初二啼笑皆非，「你們當心被踢出校。」

「嗟，你有張良計，我有過牆梯。」

孺子，不可教也。

講師召王小姐見面。

「這樣是幫助同學嗎，行賄與受賄，同樣有罪。」

「其中並不牽涉任何代價。」

「那為什麼討好他們。」

初二一怔。

「友誼沒有附加條件。」

初二微笑。

「你不以為然。」

「我教孩子，也會那樣說。」

「你們還是孩子。」

「是我染污同學，以後我必不再犯。」

「我知你在班中最受歡迎，但你以不正常手段爭取他們友誼，不但代寫功課，還以酒肉誘之，時時在家舉行大食會，可是事實？」

「都是真的。」

「為什麼？」

「我怕寂寞。」

「王小姐，大學心理科教授鼎鼎大名，一定可以幫到你。」

「不，他們不行。」

「王同學，你需要幫助。」

「我可以轉系。」

「我決不會輕易放棄你這樣天才學生，Special talent, special rules。」

「那，我只得改過自新。」

「謝謝你，王小姐，下學期再見。」

走到校門，她輕問：初一，我千方百計故意討好同學？

你自己知道。

他們日夜陪着我呢。

學習獨處。

你呢，你做到沒有。

我有你。

假如兩個都活着，彼此會否相依一輩子。

結婚之後，各有各的家，勢必疏遠，或因些微衝突，像忽然彼此妒忌，造成裂痕……

現在，是學習獨處的時候了。

正沉思，看到小周先生騎着機車來到。

這人是解憂草。

「可是被開除了。」

「沒有，不過不准再做捉刀人。」

「什麼叫捉刀人。」

Ignoramus，如此無知還生活得如此愉快，真是奇蹟。

「小周，你讀過水滸與三國沒有。」

考驗來了，小周還以為多數女孩會問家裏有什麼人，擁有何等樣資產、婚後會獲何種照顧，但是初二卻問他看過什麼書。

他據實回答：「我看過三國水滸連環圖小人書，後來忙功課，放下閒書。」

「水滸三國不是閒書。」

「我立刻到圖書館找來讀熟。」

初二搓他頭髮，「你是個好人。」

小周汗顏，自成年來，他也有不少女伴，且曾醉駕，及服食某些草藥。

但他決心不叫這女孩失望與難過，不是暫時，而是長久。

初二卻沒有那麼長遠打算。

她把小周照片傳給殷師。

殷只回四個字：朝氣勃勃。

整間學堂都是這種子弟：家境頗佳，自幼勤奮好學上進，獎學金常客；不會叫長輩失望難受，畢業後找到穩定有前程工作，結婚生子，毫無意外，活到九十二歲。

周行雲是其中代表，不一樣是，他有一個雅致名字，可見家中有文化。

殷師問：「見過家長否？」

「我字典裏沒有那三個字。」

「啊，對，忘記跟你説，我家牧羊犬懷孕。」

「啊一百零一隻小狗狗。」

「看着牠都覺得辛苦，不大吃得下，動作慢許多，照過超聲波，大約有六胎。」

「同人類一般照顧。」

「是呀，動物身價今非昔比。」

「殷師，真替你高興，你找到新的寄託。」

「每天我把牠抱懷中一會，她都嗚嗚叫，好似知道是一個關口。」

「牠叫什麼名字？」

殷師答：「本來就叫黛茜。」

「祝牠順利生產。」

「初二，你要當心那小周，他們天性都很會騙女人。」

結果，黛茜當晚就生產。

竟花足整夜，先產下三胎，都存活，獸醫照料幼犬，在熒幕上看到與牠們母親顏色相貌長得一模一樣，都用毛巾包裹，已會吸食。

黛茜很辛苦，乳腺腫脹，只得側臥。

殷師對初二說：「我知你在想什麼，雌性動物，一般吃苦。」

獸醫說：「還有接着來，讓牠自己慢慢調節。」

「撐得住否？」

「應當可以。」

主人與醫生陪着整夜勞碌。

初二說：「生老病死，眾生皆苦。」

「你別太敏感。」

「自然界也太殘忍。」

天亮之際，黛茜又生下三胎，六隻小犬，隻隻存活，五天之後，才有視覺聽覺。

初二鬆口氣，流下眼淚。

黛茜筋疲力盡，躺主人膝上。

這時殷師忽然閒閒問：「那件事，你在報上看到了吧。」

初二一怔。

殷師輕輕說：「他沒有死，活下來，告訴警方，他是自殺，與人無尤。」

「可是，有目擊證人。」

「證人說她驚恐中看錯，退休回鄉買房子，離開本市。」

初二不禁哈一聲。

「我與瑞姐都不打算即時告訴你。」

初二說：「別人的故事。」

「説得真好，令尊令堂快回轉了吧。」

「有能力的話，每個人都應該請老父老媽作此遊，你呢，殷師，你此刻一定渾身羊羶味，還不願回來洗刷？」

「越住越習慣，空氣清新，延年益壽，初二，給你留一對小狗可好，我寄運給你。」

「謝謝，不必了，我見過不少寵物主人，貓狗有何三長兩短，哭得死去活來，如喪考妣，真吃不消，平時又要刷牙洗澡打針服藥服侍，虐犬罪比打人罪還要重，況且，牧羊狗是工作犬，圈在城市小屋中，太不公平。」

「嘩，一輪嘴。」

「改日有空探你。」

「會有影迷跟着來嗎。」

初二冷笑，「殷師，你真老天真，我哪裏還有影迷。」

「什麼？」她大吃一驚。

「都散開啦，同新星玩去矣，也許，過那麼三五年，忽然懷舊，又想起王初一，才會提一兩筆。」

「這——」殷師還像不信。

「太想念你，殷師，如你真心的人不多了。」

「初二，盡量享受失而復得的學生生活。」

即便是一月兩月，一時半刻，也是享受。

同學問：「念初，告訴我們怎樣可以準時到課堂？」

初二答：「不要遲到。」

「如何及時做妥功課？」

「不管什麼時限要交，即日動工。」

「如何叫老師喜歡你？」

「做全功課。」

「咄。」

像一切年輕人一樣，初二與小周逛街、吃各國美食、坐美術或圖書館、談論將來、計劃旅遊，甚至在家一起做飯、跳舞，看電視劇。

初二幾乎與世界脫節。

直至父母回來。

她到郵船碼頭接兩老。

他倆神采飛揚，簡直像獲得新生命。

王老先生只有兩個字：「真好，真好。」

左邊站着安妮，右邊，咦，這登樣年輕男子是誰，一左一右，金童玉女似伴着兩老。

安妮大方說：「我來介紹，這是我朋友阿甄。」

多麼登樣的一個人。

安妮輕輕在初二耳邊說：「真感激你王小姐，我見到世界，大開眼界，我還找到男朋友，多謝你給我這次機緣。」

初二答：「懂得感謝是你可愛之處，其實我只不過把你往船上一拋，其餘全靠你自己努力，以後不用再提此事，祝你前途如錦。」

知道世上還有幸運的人，倒也開心。

該對年輕人很快就宣佈訂婚。

王氏夫婦很想問女兒：初一你呢，只是怕她不高興。

初二送上兩條老重赤足金項鏈，「嘿，你鎖住她，她鎖住你，哈哈哈哈。」

「王小姐，你呢。」

初二問：「將結婚的感覺好嗎？」

「彷彿一切都踏實啦，做夢也笑出聲，下雨也不怕，有人來接，人擠，他搭住腰保護，還有，一張報紙兩人看，看恐怖電影，再也不用遮眼。」

初二微笑，「說得那麼好，好似不結一次婚對不起自己。」

「你也結婚吧王小姐。」

安妮覺得結婚大好是因為夫家愛惜她，她不愁住屋，又收下可觀聘禮。

「對了，王小姐，你知道嗎，念初這套電影，還在一間小型戲院上映。」

有這種事。

「還有人看嗎。」

「不用賠本，每場都有觀眾朝聖。」

「想不到。」

「瑞姐為流光開新戲，新導演新演員，全新製作，叫我回朝，我辭卻了，想做好家庭生兒育女。」

「明智之舉。」

一日，小周同初二說：「一位同學的阿姨開了家牛肉麵店，叫我們捧場試試。」

牛肉麵，初二詫異，都會如此昂貴租金，一天賣千碗還不夠回本呢。

「那位阿姨背後有貴人，不在乎賺蝕，據說真材實料，絕非醬油湯泡兩片牛肉乾。」

店名也老實就叫牛肉麵。

只賣一種食物，那就是牛肉麵，可以吃淨麵，也可以光吃牛肉。

第一次去，傍晚，已有五六個客人輪候。

初二怕等，「改天吧，又不是看醫生。」

小周說：「先拿個號碼。」

初二不想掃他興，正躊躇，店裏伙計笑嘻嘻走出，「小周先生來了，這邊坐。」

他端出小圓桌子及兩張椅子，攤開，放近門口。

其餘客人起哄：「我們也要！」

「不行啊，超過一張桌子，那便是有礙防火條例，很快輪到各位。」

初二駭笑，做生意做到這樣還差不多。

兩碗麵很快上來。

名不虛傳，湯濃淡得宜，兩塊骨頭上搭着精肉。

初二尤其欣賞那把切得細緻的葱，喝一口湯，驚艷，怪不得客人要排隊，麵條香滑有嚼勁，外行都吃得出是自家打成。

初二看店面裝修，做成上世紀中葉粥麵檔那樣，櫃枱上方掛一面浮雲狀的大鏡子，上邊蝕刻「客似雲來」四字。

但。

惹初二注目的是掌櫃女子，她垂着頭在算賬單。

有一句古老讚美，稱女子為「絕色」，那意思是指，沒有再高一級，絕對是頂頂頂貌美動人，那就是對該掌櫃女子的稱頌了。

伊鵝蛋臉，皮子雪白，眉目如畫，豐唇，穿件黑色衣衫，鏡子照到她如雲秀髮在後頸盤圓髻，側邊壓着一排白蘭花。

初二看得呆住。

她應該就是麵店老闆娘。

這時，似知道有人凝視，她抬頭一笑。

是，就似他們形容王初一那樣，臉上有一種晶光。

初二連忙別轉頭，繼續吃她的牛肉麵。

小周彷彿說了什麼，「……」

這時，伙計上前說：「車子來了。」

老闆娘聞言站起，自櫃枱後走出，摘下圍裙。

唉，這才看到她的身段。

原來她穿着套香雲紗衣褲，衣衫沒有豎領，沿着領口大小剪裁，寬身，原身出袖，清朝式樣，褲子寬腳，離地一尺，是所謂媽祖褲，腳上卻穿黑頭藕色的香奈兒平跟鞋。

如此奇異打扮，卻襯得恰到好處。

初二目不轉睛張大嘴，女郎有種特殊溫柔嫵媚氣質，不說話也似說「我明白，我了解」。

這，這簡直是傳說中狐狸化身。

她身段真正曼妙，肩膀是肩膀，腰是腰，天然輕輕款擺，推開玻璃門走出。

門外停着一輛黑色賓利房車。

車牌號碼大大熟悉。

這正是許計先生的車子。

初二呆住。

車裏乘客一見美婦，立刻下地迎接。

可不正是許某，老了，瘦了，但確是許某。

久違，傷癒的他又結交到更美的美人，啊，打不死李逵，對，既然活着，何必要改死性。

初二苦笑。

世上已千年，就得他許氏尊座永遠維持本相。

也虧得他，什麼地方覓得如此漂亮女子。

小周付賬。

一個阿嬸輕輕說：「真漂亮可是，老闆娘是首爾與江戶混血兒，可是會說中文。」

初二點頭，怪不得。

小周握住她手，「又想心事，呆獨獨。」

「你看到那美人兒沒有？」

「何處，我不是一直看着你嗎。」

初二百忙中忍不住微笑。

這樣的男朋友沒話說。

初二忍不住找瑞姐。

瑞姐微笑，「你這才知道。」

「好看得不似真人。」

「年紀稍大一點，近四十啦，歌舞町一間咖啡吧老闆娘，這些日子，年輕人不愛跑紅燈區，生意欠佳，她索性嫁人到此間發展。」

「嫁人？」

「慶子她已與許先生正式結婚，你消息不靈通了你。」

初二嘴巴合不攏。

「我們都替許先生高興，他的精魂彷彿回轉肉身，不過，不再操勞各類生意，退休享福。」

初二語結。

「看到沒有，眾姐妹，千萬別看不開，記住，死了的都是白死，非得好好活着不可。」

這時有人在背後說：「瑞總又在訓話？」

瑞姐把他拉近，「這是新導演洪林，來見過王小姐。」

那年輕男子一怔，這就是鼎鼎大名的王小姐？他呆住。

只見黃黃小小一張臉，比想像中瘦小許多，無精打采模樣，這是王小姐？

但口不對心已成習慣，仍然油嘴滑舌的說：「久聞大名，如雷貫耳，幸會王小姐，我進流光的主要原因之一是憧憬與王小姐合作，可是人生不如意事十常八九——」

瑞姐不耐煩，「得了得了。」

初二微笑，抬起雙眼看那年輕導演。

導演在電光石火間明白了，是這雙閃爍晶光雙瞳，簡直不似人間所有。

他靜靜退後。

瑞姐咕噥：「他們一個比一個滑頭，你可要看他的成績？」

「謝謝，我已不是流光員工。」

「你也真捨得。」

「是，我性格比較絕情。」

瑞姐緊緊握住她雙手。

「快畢業呢，可知何去何從。」

「有人讀了三個博士學位。」

瑞姐只得苦笑。

一日，小周說：「父母問我最近忙些什麼，總不見人。」

初二微笑，「說：你為量子物理着迷，抽不出身。」

小周無言，躊躇，似還有話要講。

初二看着他，這人也會有煩惱。

人類男性苦惱通常為着一：金錢，二：女子。

小周絕對不會愁錢，那麼，就是為着他當下非常喜歡的女子王初二。

「周兄，你我之間，還有什麼話不能說的。」

這是戲劇梁祝樓台會一幕山伯問英台的話。

小周自然不知出處。

初二何等機靈，已知原因。

他嚅嚅解說：「量子物理這科，到底是外國做得出色，英帝國學院給我一個全包奬學金。」

初二恍然大悟似點頭，明白。

「跟最著名教授何謹研究。」

初二唯唯諾諾。

「我有長姐姐夫在倫敦，家父母一直持英國護照，最近也想往英一家團聚。」

初二詫異，她一直不知小周家事，也從來不問，她實在缺乏興趣。

「念初，我請求你與我一起赴英。」

初二微笑，「我也有父母，我想他們有個照應。」

「你可以時常回來看望他們，我知道有種經濟客位，多付二百美元，可以添多一呎空位讓雙腿伸直，舒服得多。」

真還是個孩子，小孩獻曝。

「我不喜歡英倫幽暗。」

「習慣就好，有我在你身邊。」

「多謝你好意，我不會考慮。」

「那麼，結了婚再去，我們即刻可以註冊。」

「多謝好意，我不會考慮。」

小周沮喪，「你生氣。」

「不，我沒有生氣，我們各奔前途吧，或許十年後你會回到本市大學主持物理系，又會見面。」

「念初，我以為你會跟我一起。」

初二也曾經以為初一與她會得到快樂人生。

小周鼻子都紅了。

「你希望我留下。」

「不，不，我絕對沒有這種盼望，你顧你自由活動，我同你，在未來歲月，不知還有多少際遇，你心裏可千萬別不舒服。」

「念初，你太懂事。」

「是嗎，那你就不必牽掛。」

「念初，我永遠牽記你。」

太滑稽了，初二忽然想起「我是天空裏的一片雲，偶爾投影在你的波心」，她一直微微笑。

「幾時動身。」

「下星期三。」

什麼，這麼快，卻到此刻才知會她，她低估這小子，他籌謀已久，胸有成竹，他不是與女友商量，而是在最後關頭知會她，這小子不簡單，他們都有一手。

「一家團聚是好事。」

「念初，有地方給你住，一起吧。」

有利於他們的事總會懇求。

初二搖頭。

「你隨時可以過來。」

退而求其次，當然人人都隨時可以去英倫，海關並非由小周把持。

話已說完，小周有點沮喪。

「你應當高興，不知多少量子姑娘，在等着你呢。」

小周忍不住笑，「念初，你真可愛。」

他們擁抱。

初二並沒有給他送行、道別、交換紀念品。

她不是孩子，原來，小周也不是。

同學說：「我們週一歡送周行雲。」

那日，初二回父母家吃飯，關掉所有電話。

他們一定會找她。

不過，世界是這樣的：誰沒有誰不行呢。

自娘家出來，找瑞姐喝一杯。

瑞姐說：「怎麼了，愁眉苦臉。」

初二把因由說一下，才第三句，已被瑞姐打斷，「不至於吧，那種毛小子，一個銅板一打，隨便抓一把，吹掉一些才挑未遲，說這種事作甚，多餘。」

初二忍不住笑，「感謝鼓勵。」

這時，有人輕輕走近。

瑞姐說：「來，見過王小姐。」

那少女大吃一驚，「王小姐，」她作一個揖，「久聞大名，如雷貫耳，今日幸會。」與導演一般口氣。

初二索性老氣橫秋打量她。

十八九歲左右，是懂事的時候了，再扮天真，那是要被嗤笑的。

「今天沒戲？」

「沒戲我也學做場記，好好跟大隊學習。」

同這少女說話沒味道，沒一句真。

「瑞總，王小姐，我出去做事。」

初二輕輕說：「太會做人。」

「像你們姐妹，究竟萬中無一。」

初二說：「本來我不想再到流光串門，可是，我並無其他朋友。」

「同學呢。」

「唉，說什麼？趙君比錢君哪個夠風趣，抑或小孫與小李誰更會得玩，哪間時裝店有最新非死板名牌打扮，還是臉上一搭太陽斑實在討厭？」

「不會吧，大學生呢，總有些真知灼見。」

「比中學生稍好一些吧。」

「除出小周，沒有其他可能性？」

「各個系裏，每到春來，總有幾個不甘年華已逝的阿叔阿伯講師或教授盯住女學生看。」

「蠻可怕。」

「天下烏鴉一般黑，到處楊梅一樣花。」

「你也不參與他們活動？」

「豈有豪情似舊時，有一組學生，開口抗爭，閉口遊行，叫校監校長頭黑。」

「言論自由呢。」

「那也不能天天罵人家娘親吧。」

「你可有參與。」

「他們才不理我，在他們眼中，我是追名逐利的過氣小明星，思想腐敗，不思進取，亦無利用價值。」

「嘎！？」

「學府，又是另外一個小宇宙，可以跟大隊或小隊走，也可以獨善其身。」

「寂寞的話，多到流光來坐。」

初二告辭。

她看到那新星在停車場與新導演及工作人員說話。

他們沒看見她，像在說：「王小姐……」

她學一個王初一當年標準姿勢：手指在胸前裝一個心狀，一隻腳往身後翹，像動漫中愛嬌少女，做作得不得了。

初二再也笑不出。

她當然不去睬他們。

那日陽光異常燦爛，站日頭下，一下子頭頂炙熱，額頭鼻樑紅赤。

她緩緩走進車子，過一會開車回家。

一退下，位置便被別人佔上坐穩穩。

回到家，洗頭淋浴，床邊抽屜裏還放着瑞姐從前給的劇本。

初二打個呵欠，枕着手臂睡着。

夢中陪初一在橫街小攤子淘寶：這件好，初二，來比一比，我在時裝樣子書中剛看過這種碎布拼湊外套。

初二笑着敷衍。

夢中不知身是客，一晌貪歡。

初二，老黑着面孔幹什麼？年輕女孩一年年出生，我倆一下子就老了，我同你說過，最多不過五年，故此每天都得高高興興快快活活。

初一忽然又清晰的說：「初二，女子都是白癡，我是聰明白癡，你是愚蠢白癡。」

夢中，初二聽到自己長嘆。

初一，若你還在身邊陪伴多好。

翌日同學找她：「王小姐，本隊打算在星期六出街遊行抗議成年人日漸壓迫年輕人自由思想，希望你也來參加，我們打算讓你打扮成自由女神模樣，舉起大旗領頭，以壯聲勢。」

初二吐出一口氣。

「怎麼樣？是抑或否。」

太霸道啦。

「不。」

「這是你轉型好機會，王小姐，難道你扮演可愛偶像傀儡尚未足夠？」

「我有我的自由。」

「不可教也。」

已經說不下去。

第二天放學，發覺車子被擲雞蛋。

初二一聲不響，打聽到那傢伙是歐洲語文系學生，她到農科取到一大袋熱辣辣牛糞，問清楚是阿誰的車子，在車頭上清袋。

是，以眼還眼，全世界都會變成瞎子，但王念初這次實在不想再忍。

瑞姐知道會怎麼說？你返老還童了。

他激發她的精力，她忽然活潑。

瑞姐說：「初二，我與你去看電影。」

「我不喜歡戲院黑黝黝，空氣污濁，又不知會坐在什麼人旁邊。」

「可是，看得到現場反應。」

「為什麼要知道陌生人反應？」

「因為觀眾是我們的米飯班主。」

「與我無關。」

「你這樣避世，可以活到一百歲嗎。」

「你與我，不都已是千年妖精嗎。」

去到戲院門口，才發覺其中一間小劇院上映《念初》，恍如隔世，海報已經發黃，上頭是她王初二照片，無神徬徨的眼神，在她自己心中，不忍卒睹。

「我不要看，為什麼叫我來陪你。」

「溫故知新。」

初二啼笑皆非，有瑞姐如此朋友，誰還需要敵人。

買票自由入座。

最後一場，居然還有三成觀眾。

一開場十分鐘，觀眾沉默。

從前，他們已開始感動飲泣，這一批觀眾卻不出聲，初二納罕，難道反應完全不同？

這時，銀幕上女主角抓住大飛蛾放進嘴裏咀嚼，有女觀眾說：「Eww」，另外有人悄悄語：「Gross」，「恐怖片太常見。」

看來，他們還是第一次看這套電影。

初二怔住，瑞總更加吃驚。

才隔多久，反應完全相反，觀眾可敬可畏的口味竟如此多變，始料未及，太過殘忍。

不到一半，已有人離座。

「太過artsy fartsy，吃不消。」

竟劣評如潮。

瑞姐輕輕說：「我們走吧。」

初二說：「不，看到完場。」

她是女主角，她要堅持。

場內電話鈴聲開始響，大聲咀嚼零食聲此起彼落，影片，再也得不到當初上映的尊重，物是人非。

到最後一場，一些觀眾忍不住笑出聲，涼薄地評曰：「男朋友跑掉，再找一個不就是了」，「不，他好像不在人世」，「來，我們去吃冰果子」……

初二拉着瑞姐的手離去。

劇院外大太陽，一時睜不開雙眼。

星移斗轉，另外一個世界，另外一種觀點。

瑞姐苦笑，「回公司要好好開會研究。」

初二反而心安理得，她拍拍瑞姐肩膀。

瑞姐喃喃說：「殷師放羊放得是時候，初二，你退下來，也十分正確。」

初二說：「我回學校還有點事。」

她擁抱鼻子發紅的瑞姐。

當然，那為民抗命小子已斜斜站在課室門口等她。

「你好，王小姐。」

「你也好，只是，我不知如何稱呼。」

「你做的好事。」

「彼此彼此。」

「王小姐你是我見過最厲害女生。」

「不敢當。」

「加入我們隊伍。」

「這次又抗議什麼事？」

「叫系主任取消測試拉丁文。」

初二忍不住笑，「你們讀歐洲語文，可是不願考拉丁文，這不等於要把曾祖父自族譜中剔除？沒有拉丁文，何來今日歐洲語文？沒有太太公，又何來你？」

他也笑。

兩人站着，都沒有離開的意思。

他出示圖像：「這是你自由女神扮相。」

只見一個少女，斜肩披着一塊大白布，高舉旗號：「自由」，臉容憤慨。

「她很合你們要求呀。」

「你會更好。」

「還有其他什麼地方可以幫忙嗎？」

「哎，這樣，我們缺乏經費，一大幫同學要吃飯喝茶。」

對，飲食最重要，皇帝不差餓兵。

「多少？」

「我們不受嗟來之食。」

「對不起，請問，這天茶餐費用若干？」

「吃得再普通，也得五千元。」

「沒問題。」

「我們只收現款。」

「當然，當然。」

初二立刻掏腰包，不多不少，數錢給他。

「我寫收據給你。」

「不用客氣，請同學吃飯，是我榮幸。」

「王念初，另外，我那汽車清理費五百。」

「你簡直利用我。」

他忽然笑，露出雪白牙齒，「是呀，王同學，彼此利用。」

初二氣結。

他忽然問：「如果約你跳舞，你會出來否。」

「看情形。」

她笑着走開。

遊行那個星期六，初二大早去看，已經有不少同學聚集舉標誌喊口號。

她看到一個染棕黃長髮的自由女神披着白袍走頭位，身邊正是該男同學。

兩人神氣活現帶隊。

隊長忽然看到王小姐，朝她招手，叫她加入隊伍。

初二往後退。

躲在樹蔭下，喝自備咖啡。

有人坐在她身邊，搭訕問：「今天又為什麼？」

初二想一想，這樣答：「脫胎換骨，再世為人。」

「什麼？」

「快樂，無論多麼短暫，都要追逐。」

「什麼？」

初二笑。

「你是王念初吧，我請你吃冰淇淋可好。」

她站起，拍拍衣服，「走吧。」

她與又一個年輕人結伴離去。

（全書完）

書名　念初　作者　亦舒

出版　天地圖書有限公司
香港黃竹坑道46號
新興工業大廈11樓
電話：2528 3671　傳真：2865 2609

香港灣仔莊士敦道三十號地庫（門市部）
電話：2865 0708　傳真：2861 1541

設計及插圖　Untitled Workshop

印刷　亨泰印刷有限公司
柴灣利眾街27號德景工業大廈十字樓
電話：2896 3687　傳真：2558 1902

發行　香港聯合書刊物流有限公司
香港新界荃灣德士古道220-248號
荃灣工業中心16樓
電話：2150 2100　傳真：2407 3062

出版日期　二〇二一年四月／初版．香港